www.tredition.de

AF185446

Frank Hönl, Birgit Granzow,
Tilmann Schipper, Geertje Wallasch,
Karl Kreifelts, Angela Meiser,
Michael Schumacher, Karlheinz Wende

Hausbesuche

Etagenweise Kurzgeschichten

www.tredition.de

© 2018 Frank Hönl, Birgit Granzow, Tilmann Schipper, Geertje Wallasch, Karl Kreifelts, Angela Meiser, Michael Schumacher, Karlheinz Wende

Lektorat, Korrektorat: SatzZeichen

Verlag und Druck: tredition GmbH, Hamburg

ISBN
Paperback: 978-3-7469-9995-1
e-Book: 978-3-7469-9997-5

Der Mietvertrag

von Karlheinz Wende

Einschreiben per Postniederlegungsurkunde!

Es durchfährt mich wie ein elektrischer Schlag vom Hirn bis in Finger- und Zehenspitzen!

Auf diesem Wege werden Todesurteile verschickt!

Ich spüre, wie mein Unterkiefer leicht vibriert, meine Augenlider zucken, mein Kopf zu glühen beginnt, meine Atmung pumpt. Trotzdem scheint es mir, als ob ich kurz vor dem Ersticken stehe. Meine Knie sind weich wie Kartoffelpüree. Ich habe das Gefühl, in mich zusammenzusacken wie eine Marionette, der man den Haltefaden durchgeschnitten hat. Mit zittrigen Fingern bekomme ich den Umschlag erst nach mehreren Versuchen geöffnet.

"Kündigung wegen Eigenbedarfs" lese ich.

Vor etwa zwei Jahren bin ich erst in diese Wohnung eingezogen, habe einiges investiert, weil sie recht heruntergekommen und verwohnt war. Aber sie entsprach genau meinen Vorstellungen und Bedürfnissen; Parterre mit Terrasse und alleiniger Gartennutzung. Ideal für meinen Hund und mich! Groß genug für einen pensionierten Lehrer, bei dem sich im Laufe seines Lebens vieles angesammelt hat. Nicht so groß, dass man ständig zu Staubtuch und Putzeimer greifen müsste.

Äußerst ärgerlich!

Aber trotz aller Wut, die ich in mir aufkommen fühle, die nun meine Knie stabilisiert, meinen Rücken strafft und meinen Griff fester werden lässt, so fest, dass ich den Umschlag ungewollt in der Hand zerknülle, bin ich doch erleichtert.

Meine gerade noch panische Angst vor etwas Schrecklichem, mir Unbekannten ist durch den Adrenalinschub, der gerade durch meinen Körper schießt, schlagartig in Aggressionsbereitschaft umgewandelt.

Ich bin kampfbereit!

»Isch könnt Ihnen jetz natürlisch erzählen: Kein Prozess sicherer zu jewinnen als dä hier!«, nuschelt der Rechtsanwalt in einer Mischung aus Düsseldorfer Platt und Sprachfehler und sieht mich dabei über den Rand seiner Nickelbrille an, »aber wenn isch ehrlisch sein soll, lassen se de Finger davon! Da hamse kaum ne Schangse. Unn et wird teuer!«

Vierzehn Tage später stehe ich vor der Tür eines mehrstöckigen Hauses. Es ist herbstlich kühl. Natürlich bin ich wieder viel zu dünn angezogen. Der Wind treibt die Blätter in die Nische des Hauseinganges, wo sie sich, unter lautem Rascheln, in einer Spirale drehen.

Der Makler hat sich etwas verspätet, entschuldigt sich wortreich. Er kramt einen dicken Schlüsselbund aus der Aktentasche und schließt die breite Holztür auf. Der Lack blättert an einigen Stellen. Eine der vielen kleinen Drahtglasscheiben hat Sprünge. Das erinnert mich ein wenig an den Geometrieunterricht meiner Schulzeit: Was sagt Ihnen die Kurve auf Rasterdarstellung im Koordinatenkreuz oder so ähnlich?

Beim Öffnen quietscht die Haustür und schleift leicht über den Boden. Sie schließt von allein, wieder die gleichen Geräusche in umgekehrter Reihenfolge, ehe sie mit lautem Scheppern ins Schloss fällt.

»Das wird in Kürze renoviert!«, merkt der Makler an.

Wir gehen vorbei an mehreren übereinandergestellten Briefkastenreihen. Ilsanker, Schmidtbauer, Miär, Markwart, Julius sehe ich im Vorbeigehen. Ehe ich weiterlesen kann, zeigt der Makler auf einen der Kästen in der unteren Reihe. »Das könnte dann demnächst Ihrer sein!«

Links der Aufzug. Ein Lämpchen signalisiert, dass er derzeit unterwegs ist.

»Den brauchen Sie dann ja nicht!«

Wir umkurven den Treppenaufgang, Solnhofener Schiefer, Eisenstangengeländer mit Messinghandlauf. Zwar alles nicht vom Modernsten aber penibel sauber und gepflegt. Einige Wohnungstüren und die Hintereingänge der Geschäfte lassen wir rechts liegen und gehen auf die Tür im Parterre links zu.

»Ja, und wie gesagt, Haustiere sind erlaubt! Der Vermieter ist überhaupt sehr großzügig!«

Der Makler öffnet die Wohnungstür. Eine Wolke abgestandener Luft quillt uns entgegen. Die schon etwas tief stehende Sonne lässt trotz der Filterung durch eine Staubschicht auf den Fensterscheiben den Teppichboden nicht gerade im besten Licht erscheinen.

»Eine sehr ruhige, angenehme Wohnlage hier auf der Rückseite des Hauses. Eigentlich eine ideale Ergänzung! Gute Verkehrsanbindung mit Straßenbahnhaltestelle vor dem Haus und hinten diese Ruhe. Zwölf Quadratmeter Terrasse und sechzig Quadratmeter Garten zu Ihrer alleinigen Nutzung.«

Ich gehe durch die Räume, der Makler an meinen Fersen. In der Küche einige kleine Fliesenschäden, Steckdosen und Schalter wohl aus der Erbauungszeit.

»Das Haus hat eine gute Bauqualität. Die Mieter sind überwiegend, ähh, wie soll ich sagen, gut situierte Familien, alles Leute mit Niveau. Sie werden sich hier wohlfühlen. Ich glaube, Sie passen in dieses Haus.«

In einem solchen Zustand hatte ich meine derzeitige Wohnung auch übernommen. Aber Parterre, Gartennutzung, relativ zentrale Lage, mein Hund kein Problem. Das sind Argumente! Eigentlich alles wie gehabt, außer dass ich noch einmal über "Los" gehe, ohne 4000 Euro einzuziehen.

»Aus dieser Wohnung lässt sich was machen! Selbstverständlich Kabelanschluss! Sie können sich denken, dass man die mit Kusshand vermietet bekommt. In den nächsten Tagen kommen noch fünf weitere Interessenten.«

Wir stehen im Bad. Die Fliesen im Chic der siebziger Jahre. Wenn man sich damit anfreunden kann, ist alles in Ordnung.

»In den letzten Tagen hätte ich die Wohnung schon vermieten können. Aber die Leute passten einfach nicht in dieses Haus. Da muss man ja auch ein Auge drauf haben!«

Meinem Vorsatz, alle wichtigen Entscheidungen mindestens einmal zu überschlafen, bleibe ich auch in diesem Falle treu.

Vier Tage später sitze ich im Büro des Maklers. Ich überfliege den Mietvertrag und setze meine Unterschrift darunter. Dann schaue ich noch einmal auf den Kopf des Formulars. Wenn ich den Kuli nicht schon hingelegt hätte, wäre er mir vermutlich aus der Hand gefallen.

Die Wohnung gehört demselben Kerl, der mich gerade rausgeschmissen hat!

Abgründe

von **Angela Meiser**

Da sind Sie ja schon! Schön, dass Sie da sind oder wie sage ich da jetzt … Entschuldigung, ich bin ein bisschen aufgeregt. Es ist das erste Mal, dass ich … aber kommen Sie doch bitte erst einmal herein. Hier ist die Garderobe, falls Sie ablegen möchten?

Ich empfange hier selten jemanden, aber es ist aufgeräumt. Eben habe ich sogar noch den Müll hinuntergebracht, das ist nur mit Nervosität oder Gewohnheit zu erklären.

Meine Mutter pflegte zu sagen, Männer und Müll müssen morgens vor die Tür. Aber hier lebt kein Mann mehr, deshalb habe ich Sie ja auch angerufen, letztlich.

Tja, da sind wir also. Hier wohne ich. Ich musste mich erst mal wieder an die Enge gewöhnen. Bis vor kurzem habe ich mit meinem Mann in einem Einfamilienhaus gewohnt, drüben in Oberkassel, auf der anderen Rheinseite. Aber, als ich klein war, habe ich mit meinen Eltern in einer ganz ähnlichen Wohnung gelebt wie jetzt. Zurück zu den Wurzeln, wenn Sie so wollen.

Gleich hier neben der Tür ist das Bad, hinten durch die Küche, hier links das Wohnzimmer und rechterhand das Schlafzimmer.

Wir kommen gleich zur Sache, keine Sorge. Aber erst muss ich Ihnen alles erzählen. Bitte, das ist mir wichtig. Sie sollen wissen, wer ich bin. Sonst verstehen Sie mich nicht und darum geht es doch am Ende bei so einer Angelegenheit. Dass Sie mich verstehen.

Wie? Sie drängen mich nicht? Ich danke Ihnen von Herzen. Wirklich.

Ich habe immer funktioniert wie eine Maschine. Rüdiger konnte sich blind auf mich verlassen. Wann immer er auf Geschäftsreisen ging, und das war oft, zu Hause lief alles reibungslos weiter, das Haus war tipptopp, die Kinder hatten ein gesundes Schulbrot im Toni und

11

alle Stempel im Impfpass. Ich habe mir nichts zuschulden kommen lassen und trotzdem – na, Sie sehen ja, wohin es mich gebracht hat.

Meine Mutter sagte gerne, wenn du hinfällst, steh wieder auf, aber richte dein Krönchen, bevor du weitergehst. Daran habe ich mich viel zu lange gehalten.

Vielleicht hätte ich einfach mal liegenbleiben sollen. Stattdessen bin ich aufgestanden, habe stumm meine Sachen gepackt und Miriam meine Krone überlassen.

Soll ich das Fenster lieber schließen? Die Straßenbahn hält direkt vor der Tür, die quietscht beim Bremsen noch schlimmer als die Haustür unten.

Aber setzen Sie sich doch bitte. Sie müssen da vorne an der Ecke über den Couchtisch hinwegsteigen.

Das Sofa ist leider zu groß für diesen Raum. Rüdiger und ich haben es mal als Wohnlandschaft gekauft, als die Kinder noch klein waren. Wir haben alle auf einmal drauf gepasst, die ganze Familie. Das waren schöne Zeiten.

Die Miriam wollte dann lieber ein Rolf Benz Sofa und die Wohnlandschaft hat sie hierherbringen lassen, als ich ein paar Tage im Saarland war. Da hat sich mein Vater in einem betreuten Wohnheim eingekauft. Mit dem alleine Wohnen war er überfordert, sein Gedächtnis lässt auch etwas nach. Aber handwerklich ist er immer noch ein Ass, das hat er mir vererbt. Wir haben zusammen seinen Wasserkocher repariert, da war ein Kabel durchgeschmort, an so etwas hat er noch richtig Freude.

Ich bin ein paar Tage geblieben. Rüdiger wollte ihn nicht bei uns im Haus haben, sagte er. Er sei froh, dass die Kinder ausgezogen seien und wir endlich mehr Zeit für uns haben. Da habe ich ihm dann zugestimmt, wie ich das meistens getan habe. Allerdings habe ich da auch noch gedacht, dass dieses "wir" mich mit einschloss.

Kann ich Ihnen einen Kaffee anbieten? Ich habe eine Jura, die macht hervorragenden Latte Macchiato. Rüdiger hat sie mir überlassen, er sagte, Kaffee trinken sei doch mehr oder weniger mein Hobby. Er selbst trinkt nun lieber Matetee mit Miriam.

Miriam hätte Ihnen sicher auch besser gefallen als ich. Ich war nie die Frau, nach der sich alle Männer umgedreht haben, aber als ich jung war, sah ich schon noch etwas besser aus.

Mir ist klar, dass ich meine Redezeit überschreite. Je schöner eine Frau ist, umso ausführlicher darf sie sich gemeinhin äußern. Deshalb rechne ich auch nicht mit einer Sonderbehandlung, allenfalls mit dem Standardprogramm.

Verzeihen Sie, ich rede wie ein Wasserfall, aber das hier liegt mir so auf der Seele und Sie sind ein wirklich guter Zuhörer.

Das ist nett, dass Sie das sagen. Ja, da haben Sie sicher Recht, zuhören gehört in gewisser Weise zu Ihrem Job. Trotzdem reizend, dass Sie mir den Druck nehmen. Ich hatte das Gefühl, ich müsse ganz schnell erzählen, bevor Sie das Interesse verlieren und mich unterbrechen.

Ein bisschen anders habe ich Sie mir allerdings vorgestellt, wenn ich ehrlich bin.

Jedenfalls habe ich keinen Ohrring erwartet, das überrascht mich wirklich. Nicht, dass es mich stört, verstehen Sie mich nicht falsch. Wir sind ja alle so eingefahren in unseren Vorstellungen. Aber ein Ohrring, werden Sie da nicht häufig drauf angesprochen? Nein? Na, ich kenne mich da auch eigentlich gar nicht aus. Wenn Sie mir noch vor einer Woche gesagt hätten, dass ich je bei Ihnen anrufe, hätte ich Sie ausgelacht.

Rüdiger wäre jetzt entsetzt. Er hat immer sehr viel Wert darauf gelegt, dass meine Umgangsformen tadellos sind. Wissen Sie, mein Vater war bloß angestellter Elektriker in einem Zwei-Mann-Betrieb.

So gesehen bin ich zwischendurch ganz schön aufgestiegen an Rüdigers Seite. Aber war sein Erfolg nicht auch ein bisschen meiner? Ich als brave Ehefrau und unsere wohlerzogenen Kinder haben ihm das perfekte Image für seine konservative Arbeitsumgebung verpasst. Ein Familienvater übernimmt Verantwortung und ist weniger risikofreudig als ein Single. Der überlegt sich zweimal, ob er seinen Job wechselt oder in eine andere Stadt zieht. Rüdiger hat das alles durchschaut und dementsprechend seine Karriere geplant. Eine Miriam jedenfalls, die am helllichten Tag mit 10-Zentimeter-Absätzen und Leggings herumläuft, hätte ihm da eher geschadet, so gut das bei ihrer Figur auch aussehen mag.

Doch an meiner Seite konnte er erstrahlen, weil Frauen wie ich Licht nicht absorbieren, sondern reflektieren, zurückwerfen auf den, der es zuvor ausgesendet hat.

Männer heiraten nach unten, Frauen nach oben, hat meine Mutter gesagt. Aus irgendeinem Grund hielten die Leute Rüdiger immer für etwas Besseres, dabei war sein Vater auch nur Postbeamter. Aber er hatte diesen ungeheuren Ehrgeiz.

Er hat immer aufgepasst, dass meine einfache Herkunft nicht durchkommt, wie er das nannte. Wenn wir Gäste hatten, saß Rüdiger mir gegenüber und trat mir ans Schienbein, sobald ich etwas sagte, was seiner Meinung nach unpassend war. Ich hatte einiges zu lernen, aber ich stellte mich nicht dumm an.

Und wenn man dann plötzlich gebeten wird, den Platz im eigenen Haus für die Nachfolgerin freizumachen, dann ist das schon ein schwerer Schock.

Wir waren doch ein gutes Team, Rüdiger und ich. Haben uns alles gemeinsam aufgebaut, die Kinder groß bekommen, selbständig, glücklich, wenn auch beide im Ausland leben, aber so ist das heute eben.

Trotzdem sitze ich jetzt hier und ihm gehört unsere Stadtvilla in Oberkassel ganz allein. Ein ganz blöder Zufall war das, dass ausgerechnet damals, als mein Kleinster so schwer krank war, der Notartermin für den Hauskauf angesetzt wurde. Rüdiger hat zu mir gesagt, bleib du mal hier, der Kleine braucht jetzt seine Mutter. Nie hätte ich gedacht, dass sich da gerade meine Zukunft entscheidet, über so etwas denkt man nicht nach, wenn einem ein Kleinkind über die Bettlaken spuckt. Ich hätte auch nie gedacht, dass Rüdiger diesen Umstand je gegen mich verwenden würde.

Jetzt habe ich zwar noch die EC-Karte für unser gemeinsames Konto, aber da herrscht Ebbe, genau wie auf unseren Sparkonten.

Was ich denn glauben würde, wie die Wohnungspreise explodiert seien in den letzten Jahren, hat Rüdiger sich empört, als ich nach meinem Anteil gefragt habe. Und diese Wohnung überließe er mir sogar komplett mit allem Pipapo, da würde ich so viel sparen an Anschaffungskosten für Hausgeräte, da würde er einen ganz schönen Verlust einfahren.

Möchten Sie Zucker? Ein Wasser könnte ich Ihnen auch noch anbieten. Haben Sie auch so eine trockene Kehle wie ich?

Diese Wohnung jedenfalls hatte Rüdiger schon vor längerer Zeit gekauft, wie sich herausstellte, nämlich für Miriam, doch dann fanden die beiden wohl es ganz praktisch, sie mir anzubieten, vielleicht damit ich kein Theater mache, wenn sie mich vor die Tür setzen, dabei war das nie meine Art. Theater zu machen, meine ich.

Sie dachten wohl, wenn ich einen Unterschlupf habe, gehe ich einfach, und so war es dann ja auch.

Als ich von meinem Vater aus dem Saarland zurückkam, saßen die beiden auf dem neuen Rolf Benz Sofa, und meine Tasche war schon gepackt.

Tja, und da bin ich nun. Ich hatte völlig vergessen, was das bedeutet, Tür an Tür mit Wildfremden zu leben.

Vor allem die häufigen Geräusche aus der Wohnung im ersten Stock links finde ich unangenehm. Da wohnt wohl ein frisch verliebtes Pärchen ohne Schamgefühl. Da muss ich immer an Rüdiger und Miriam denken. Ich muss ja dauernd durch das Treppenhaus laufen, wenn ich zum Beispiel den Müll runterbringe oder Wäsche wasche.

Ich kann hier oben nicht waschen. An den Waschmaschinenanschluss in meiner Miniküche hatte die Miriam eine galvanische Biowave-Maschine angeschlossen, die der Haut irgendwie Feuchtigkeit zuführen soll.

Ihre Waschmaschine hat sie dafür neben dem leeren Schwimmbad im Keller aufgestellt, die Erlaubnis hatte sie vom Hausmeister, der mochte wahrscheinlich auch hohe Absätze.

Das Schwimmbad ist ein stillgelegter Luxus aus Tagen, wo man wahrscheinlich noch dachte, dass es im Leben immer nur aufwärts geht. Aber das Becken volllaufen zu lassen, könnte sich hier im Haus wahrscheinlich keiner mehr leisten, das reinste Geldgrab.

Mir war das sogar unheimlich. Ich wollte erst gar nicht so nah an den Beckenrand gehen, so ein leeres Schwimmbad, das saugt den Blick geradezu in die Tiefe, in den Abgrund.

Da sind ziemlich viele Kacheln kaputt und in dem tiefen Teil hinten, da, wo die verrostete Leiter hinunterführt, wohl auch die Bodenbeleuchtung.

Heute jedenfalls war mein Waschtag, und ich habe mich schon am Morgen geärgert, denn meine gute Miele-Waschmaschine, die hat die Miriam nicht herausgerückt.

Also musste ich ihre gebrauchte Zenker übernehmen. Aber die ging mitten im Waschvorgang aus und ich hatte keine Ahnung, wieso. Um wenigstens an meine Wäsche zu kommen, musste ich erst mal das Wasser aus der Trommel lassen, dafür gibt es so einen Schlauch neben dem Flusensieb. Weil ich die Maschine alleine nicht aufbocken konnte, habe ich das Wasser einfach über die Kacheln in Richtung Schwimmbad ablaufen lassen.

Ausgerechnet in dem Moment rief Rüdiger mich auf meinem Handy an und sagte mir, ich sollte ihm den Code für unseren Tresor geben.

Kurz bevor ich ins Saarland gefahren bin, hatte ich noch schnell den Code geändert, weil Rüdiger mir immer Vorträge gehalten hat, dass man Passwörter und Codes aus Sicherheitsgründen ständig ändern sollte.

Normalerweise hätte ich Rüdiger einfach den neuen Code gesagt, in dem Safe lag immer nur sein Pass und unsere Sparbücher, aber ausgerechnet diese Bitte hat mich dann umgehauen. Nach allem, was ich still und leise hingenommen habe, ist mir da der Kragen geplatzt. Der Code nämlich, den habe ich geändert in das Datum unseres Hochzeitstages. Zum ersten Mal im Leben habe ich Rüdiger angeschrien, das gebe ich zu. Wenn er nicht meine Waschmaschine reparieren würde, und zwar sofort, dann könnte er bis zum Sankt-Nimmerleins-Tag auf seinen Code warten. Und dann habe ich noch gesagt, dass ich hoffe, dass er eine wichtige Geschäftsreise verpasst, weil er nicht an seinen Pass kommt.

Und als mir einfiel, dass er ja vielleicht sogar mit der Miriam in den Urlaub fliegen will, musste ich weinen.

Da saß ich dann in dem muffigen, alten Schwimmbad mitten zwischen all der tropfnassen Wäsche und heulte wie ein kleines Mädchen. Es muss ewig gedauert haben, denn plötzlich tauchte Rüdiger neben mir auf und legte mir seine Hand auf die Schulter.

Er war zu mir gekommen! Ich war gerührt. Vielleicht, dachte ich einen Moment lang, würde doch noch alles gut. Vielleicht war ihm klar geworden, dass ich doch in Wahrheit die Frau war, die an seine Seite gehörte, nur ich. Hab ich heimlich so gedacht. Allerdings nur, bis ich das Geklapper der Louboutins auf dem Kachelboden gehört habe und Miriam hinter ihm auftauchte.

Und erst, als Rüdiger dann sofort wieder mit dem Code für den Safe anfing, hab ich überlegt, ob da vielleicht noch was anderes drin war als leere Sparbücher und sein Pass und er vielleicht doch nicht unsere gesamten Ersparnisse in diese winzige Wohnung gesteckt hatte.

Die Miriam hatte er mitgebracht, damit sie mir erklärte, wie ich mit ihrer ollen Zenker umgehen sollte, offenbar gab es da irgendeinen Trick.

Miriam blieb am Beckenrand stehen und erklärte mir aus der Entfernung die eigenwillige Bedienung ihrer ehemaligen Waschmaschine. Ich glaube, sie wollte die Louboutins nicht in die Nähe meiner tropfenden Wäsche bringen.

Das hat mich dann schon geärgert, dieses Zurufen aus der Entfernung, als sei ich eine Leprakranke. Ich bin aufgestanden und habe gesagt, dass ich meine Miele wiederhaben will. Dabei habe ich schon ein paar Schritte auf sie zu gemacht. Aber geschubst hab ich sie nicht, so wie Rüdiger mir sofort vorgeworfen hat. Der Kachelboden war einfach rutschig von der Seifenlauge, die ich vorher abgelassen hatte, und Louboutins mögen schön sein, aber standsicher ist man auf ihnen nicht.

Hochmut kommt vor dem Fall, hat meine Mutter immer gesagt, und irgendwie hab ich es der Miriam auch gegönnt.

Sie ist auch in den niedrigen Teil des Beckens gefallen und ganz trocken geblieben, denn mein Waschwasser hatte sich im tiefen Teil angesammelt. Aber den Knöchel hat sie sich in den hohen Schuhen trotzdem verletzt.

Rüdiger ist schnell über den Beckenrand zu ihr nach unten geklettert, um ihr hochzuhelfen.

Da hinten ist eine Leiter, hab ich den beiden zugerufen, denn ich war schon erschrocken, als Miriam sagte, ihr Fuß sei gebrochen, und dabei ganz weinerlich klang.

Der Rüdiger hat die Miriam also gestützt und in den tieferen Teil des Schwimmbeckens gezogen. Und weil ich dann doch ein schlechtes Gewissen hatte, hab ich den beiden zugerufen, Moment, ich helfe euch und bin zu dem Schalter gelaufen, wo man die Schwimmbadbeleuchtung einschaltet, damit die besseres Licht haben und die Leiter sehen.

Und genau als die beiden mitten in meiner Waschwasserpfütze standen, da hat es laut geknallt. Aber meine Schuld war das nicht, das habe ich ja nicht ahnen können, dass die Schwimmbeckenbeleuchtung kaputt war. Das war ein Unfall, das wollte ich nur klarstellen. Irgendwie tröstlich vielleicht, dass die beiden zusammen waren.

Na ja, so kam es jedenfalls zustande, dass die beiden jetzt da unten liegen. Das musste ich ihnen doch ganz genau erklären, sonst sähe es ja nicht gut aus für mich, finden Sie nicht? Denn so wie ich das begreife, gehört das Haus in Oberkassel dann jetzt doch mir.

Und da hätten Sie mich am Ende noch eines schlimmen Verbrechens verdächtigt, nicht wahr, Herr Kommissar?

There is a house

von **Karl Kreifelts**

Ich bin ein auffälliges Haus
und sehe ganz schön komisch aus.
Da hat sich doch ein Architekt
12 Ecken für mich ausgeheckt!

Ich stehe hier am Kennedy-Damm,
zu meinen Füßen fährt die Tram,
in meinem Innern fährt ein Lift,
mein Äußeres besteht aus Gift.

Die Haustür, Öl ist hier vonnöten,
empfängt dich stets mit schrillem Tröten.
Man höret bis zum fünften Stock
ihr Quietschen all around the clock.

Fragt man den Architekten heut',
so hat er mich schon längst bereut.
Nur eines fand er immer cool:
Im Keller meinen Swimmingpool.

Seit Stunden wird er schon vermisst.
Ich kann mir denken, wo er ist!
Mit Kopf nach unten, schon seit Stunden,
dreht er bäuchlings seine Runden.

Der Auftrag

von Birgit Granzow

Es war ein Auftrag wie jeder andere, das wusste Leo. Nur eben an Silvester. Er saß hinter seinem Schreibtisch und strich ein Streichholz an seiner Schuhsohle an. Dann zog er an seiner Zigarette. Eine Winston Filter. Er hasste Silvester. An diesem Tag konnte sich jeder gottverdammte Narr eine Kanone besorgen und damit ungeniert auf den Nachbarn feuern. Er trat ans Fenster, öffnete mit zwei Fingern einen Spalt der heruntergelassenen Jalousie und sah auf die Straße. Ein Lappenclown passierte schwankend den Gehweg, in der linken Hand einen fetttriefenden Krapfen, in der Rechten ein Plastiksaxophon. Irgendetwas irritierte ihn an dem Bild. Lappenclowns gehörten zum Karneval, nicht zu Silvester.

Leo ließ den Jalousienspalt zuschnappen. Wenn er einen neuen Fall übernahm, jedes Mal, wenn er einen neuen Fall übernahm, musste er das Unbehagen niederkämpfen, das mit jedem neuen Kontakt über ihn kam. Eine neue menschliche Katastrophe brach sich Bahn – er musste sich jedes Mal überwinden, nach Details des Auftrags zu fragen. Manchmal redete er sich selbst ein, für Geld würde er alles machen. Aber das entsprach nicht der Wahrheit. Diese Beschreibung traf schon eher auf seine Exfrau zu, aber nicht auf ihn. Das Immobilienbüro war nur Tarnung. Er nahm verschiedene Aufträge an: Beseitigung politischer Gegner, Einschüchterung, Bestechung von höheren Beamten, Vertuschung und Erpressung, Organisierung eines verdeckten Unterschlupfes, samt Zahlungsabwicklung.

Sein Auftrag hatte irgendwas mit diesem hohen Tier bei der Gewerkschaft zu tun. Er sollte ihn aus dem Weg räumen. Ein Signal. Eine Warnung für die Anderen. Falls noch jemand auf die Idee käme, einen Generalstreik der Müllwerker vom Zaun zu brechen.

Die Instruktionen lagen in einem Briefumschlag auf dem Tisch. Leo strich mit dem Zeigefinger darüber. Er ließ den Zigarettenrauch durch einen feinen Strahl zwischen den Lippen entweichen, sog wieder Rauch ein und paffte gedankenverloren drei Rauchringe vor sich hin. Es steckte viel Geld in der Müllindustrie, hatte Piet gesagt. Sehr viel Geld. Das war so ziemlich das letzte, was Piet gesagt hatte, bevor Leo ihn mit gespaltenem Schädel kopfüber im Gully vor dem Haus fand. An einem verregneten Novembertag vor ein paar Wochen, nicht weit von seinem Büro. Die Stadt war einfach ein gefährliches Pflaster. Die Typen vom Bezirksamt steckten mit den Bestattungsinstituten unter einer Decke. Leo lehnte sich in seinem Drehstuhl zurück. Sein Stuhl quietschte genau wie diese alte Eingangstür. Jedes Mal, wenn er am Schreibtisch hochkonzentriert über einem neuen Fall brütete, den Kopf auf die Hände gestützt, hörte er diese verdammte, alte Tür quietschen. Niemand fühlte sich verantwortlich, das Scharnier zu ölen. Typisch. Er legte die Zigarette in den Aschenbecher, ließ sie noch etwas weiter glühen und platzierte die Füße bequem auf dem Schreibtisch.

Der Generalstreik der Müllwerker würde alles aus dem Lot bringen. Der Gewerkschafter musste verschwinden. Leo hob den Blick und ließ ihn eine Weile auf den rotierenden Blättern des Ventilators ruhen, der den Zigarettenrauch langsam und gleichmäßig im Raum verteilte. Seit drei Jahren saß Leo in diesem schäbigen Büro in dem gottverdammten Hochhaus. Er hasste das Souterrain. Und jetzt auch noch ein Auftrag an Silvester.

Er hörte die Außentür quietschen. Kurz darauf klappte die Tür des Büros auf und zu. Jemand war im Vorzimmer. Schritte näherten sich. Er sah einen Schatten unter der Tür. Leo hatte seiner Sekretärin Elli für heute Nachmittag frei gegeben. Sie wollte mit den Kindern noch Vorbereitungen für die Silvesterparty am Abend treffen. Die Tür sprang auf und Jupp, den sie nur "die Distel" nannten, stand in Leos Büro. Leo machte keine Anstalten, die Füße vom Tisch zu nehmen.

»Hey, Jupp, was führt dich her, alter Knabe«, sagte Leo ruhig.

Er tastete unbemerkt nach seiner Waffe unterm Tisch. Die Distel, ein großer kahlköpfiger Mann mit den kalten Augen eines Killers, sah sich im Büro um. Dann ließ er sich auf einem der Secondhand-Barcelona-Sessel nieder. Leo hasste überraschenden Besuch.

»Hab gehört, du hast gerade was in Planung«, sagte die Distel zwischen den Zähnen.

»Ich habe immer was in Planung«, sagte Leo.

Der Andere sah ihn durchdringend an. Was wollte der Dreckskerl hier, dachte er und musterte ihn. Die Distel war nicht nur bekannt für seine Treffsicherheit mit der Schnellfeuerwaffe, er hatte auch ein gut ausgebautes Informationsnetz in der Unterwelt, verfügte über gute Kontakte zu Unternehmen, die größere Summen unversteuerten Geldes anzulegen gedachten und außerdem trafen sich in seiner Kneipe "Zur Tankstelle" gerne jene Art von Nachbarn, die einen gut florierenden Waffenhandel ihr Eigen nannten, der von einem bestens organisierten Familienclan geschäftstüchtig geführt wurde. Leo zündete sich eine neue Zigarette an. Er hielt seinem Gegenüber die Schachtel hin. Der hob abwinkend die Hand.

»Hab vor einem Monat aufgehört.«

Leo sah ihn durchdringend an und blies dann den Rauch in seine Richtung.

»Piet war ein guter Freund von mir, wusstest du das?«, schoss er ins Blaue.

»Kannte ihn schon aus der Schulzeit. Feiner Kerl, der Piet.«

»Ich geb' dir einen guten Rat, Leo«, zischte Jupp, die Distel.

»Wenn mir irgendwann zu Ohren kommt, dass du was gegen die Gewerkschaft hast, dann wird es mächtig Ärger für dich geben. Dann wird eine Rechnung fällig.«

»Du meinst Weinfeld?«

Jupp erhob sich mit einem miesen Lächeln auf dem Gesicht und setzte den Hut auf, den er die ganze Zeit in der Hand gedreht hatte.

»Schönen Tag noch, Leo«, sagte er.

»War nett, mal wieder zu plaudern.«

Mit diesen Worten verließ er das Büro.

Es war 20:36 Uhr. Langsam musste Leo sich auf den Weg zur Tonhalle machen. Ihm stand der Schweiß auf der Stirn. Er schraubte den Schalldämpfer auf die Waffe und legte sie in eine Aktentasche. Aber eine Aktentasche an Silvester war zu auffällig. Er steckte die Waffe in die Manteltasche, faltete die gefälschte Eintrittskarte für das Konzert zusammen und ließ sie in seine andere Manteltasche gleiten. Danach schloss er das Büro ab und nahm die Bahn Richtung Tonhalle. Zum Glück war die Station direkt vor der Tür. Es war schon irrwitzig an einem normalen Tag mit geladener Waffe die Bahn zu nehmen. An Silvester war alles noch schlimmer. Ein Betrunkener rempelte Leo an der Haltestelle an. Als dann nach einer Weile die Bahn kam und Leo einstieg, war der Waggon voll mit feiernden, angetrunkenen Menschen. Alle wollten in die Altstadt. Er kam nach zehnminütiger Fahrt aus dem U-Bahnschacht die Treppe hinauf und überquerte die Straße. Ein paar Jungs warfen mit Knallfröschen nach ihm. Er musste unbemerkt in die Tonhalle gelangen, wo heute ein Silvesterkonzert mit der Stargeigerin I-Sun Chull stattfand. Leo stellte fest, dass er unpassend gekleidet war, um sich unter das Konzertpublikum zu mischen. Der Gewerkschaftsboss stand auf einem der höheren Ränge und plauderte angeregt mit einer Gruppe von anderen Gästen. Leo erkannte den Parteisekretär und ging hinauf zu einem gegenüberliegenden Rang. Er stellte sich in den Schatten einer Nische zwischen Tür und hinterster Sitzreihe. Hier würde es während des Konzerts dunkel sein. Er behielt seine Zielperson im Auge und ging im Geist noch einmal den Ablauf durch, den er für halb zwölf geplant hatte. Nach dem Schuss blieben ihm nur etwa zwei Minuten Zeit, um in der Verwirrung des Geschehens durch den Seitenausgang zu verschwinden. Dann würde man begreifen, dass es sich um ein Attentat handelte und suchte sofort nach dem Verdächtigen. Die Polizei wäre mit einer Spezialeinheit binnen weniger Minuten hier und sperrte die ganze Halle ab. In Zeitlupe ertastete Leo die Waffe mit dem Schalldämpfer durch seinen Mantel. Sein Finger glitt ruhig über den Abzug und er nahm den Gewerkschaftsführer ins Visier. Es sollte ein glatter Kopfschuss werden. Aber so lange er in der Gruppe stand, war es problematisch.

Plötzlich fiel ihm ein, dass er den Briefumschlag mit den Instruktionen unvorsichtigerweise auf seinem Schreibtisch hatte liegen lassen. Das war ihm sonst noch nie passiert. Alles nur wegen Silvester. Er sah auf die Uhr: 21:06 Uhr. Es blieb noch Zeit, zurück ins Büro zu fahren, den Umschlag einzustecken und wieder zur Tonhalle zurück zu kehren. Auf die zwanzig Minuten kam es jetzt auch nicht an.

Wenig später stand er wieder im Haus und öffnete seine Bürotür. Wieder sah er auf die Uhr: 21: 44 Uhr. Na also, ein Kinderspiel. Hauptsache der Brief mit den Instruktionen war in seiner Tasche und nicht im Büro. In wenigen Schritten war er beim Tisch. Das Telefon klingelte. Genervt nahm er den Hörer von der Gabel.

»Was gibt's?«, knurrte er.

Wer auch immer an Silvester anrief, konnte nicht damit rechnen, ihn zu erreichen.

»Zweites Revier«, sagte eine Stimme, die Leo nur zu gut kannte.

Er hatte schon länger nichts mehr von seinem früheren Chef, dem alten Kommissar Bietel gehört.

»Jetzt bist du fällig, Leo«, sagte die Stimme rau.

»Weinfeld. Er ist tot. Wurde gerade in der Tonhalle erschossen. Vor fünfzehn Minuten. Jemand hat dich gesehen … und ich habe hier auch etwas, das dir gehört.«

Es klickte in der Leitung. Der Kommissar hatte aufgelegt. Verflucht, sie werden gleich hier sein, dachte Leo. Würde ziemlich knifflig werden, die Sache zu erklären. Bietel hatte nur drauf gewartet, ihm aus Rache das Handwerk zu legen. Aber was hatten sie am Tatort gefunden? Er sah sich im Büro um. Hatte die Distel etwas mitgehen lassen? Dann hörte er eine Polizeisirene und quietschende Reifen vor dem Haus. Sie waren schon da. Die Haustür quietschte. Schritte rannten in Richtung seines Büros. Leo setzte sich hinter seinen Schreibtisch und holte seine Waffe hervor. Er zielte auf die Tür.

Türen I

von Frank Hönl

»Christian, wir sehen uns am Montag.«

Tim hebt die Hand und schiebt seinen massigen Körper zur Tür heraus. Für ihn ist es der Startschuss ins Wochenende, für mich das Zeichen loszulegen.

»Ja, danke noch mal«, sage ich, doch er bekommt es nicht mehr mit.

Am Montag legt er mit seinen Kollegen hier los. Grundsanierung. Das Haus hat es nötig. Das letzte Mal war in den Neunzigern Hand angelegt worden.

Ich wische mir den Schweiß von der Stirn. Seit Stunden bin ich damit beschäftigt alte Klamotten auf die Straße zu tragen. Ein großer Teil des Wochenendes wird für den Rest draufgehen. Im Keller war über die Jahre alles Mögliche von den Bewohnern gelagert worden. Das Meiste, um es zu vergessen. Mein Blick wandert über die Regale, die jede Wandfläche von oben bis unten bedecken. Schlittschuhe mit abgewetzten Kufen, abgenutzte Tischtennisschläger, elektronisches Gerät von der Spielkonsole bis zum Nadeldrucker, ganze Berge von Schuhen für jeden Anlass, unzählige Kanister, angerostete Dosen mit fragwürdigem Inhalt und Kram, Kram, Kram.

Ein Hausmeister, in einem Fünfzehn-Etagen-Gebäude, ist immer der Dumme. Als ich den Maurerberuf aufgab, sah ich das noch anders. Ab und an den Schlüsseldienst rufen, ein paar spielende Kinder zur Ordnung ermahnen oder Handwerkern Türen öffnen. Gekommen ist es anders. Ich bin "Mädchen für alles". Öffne nur mir alle Türen und muss selbst Hand anlegen.

Schade, dass ich meinen Vorgänger nicht kennengelernt habe. Frau Julius, eine in die Jahre gekommene Dame aus der Vierten, vertraute mir an, dass er eines Tages verschwunden war.

Sie hatte mich lange angesehen und gefragt: »Sie sind zufällig sein Sohn? Sie sehen ihm ähnlich, bis auf den Bart.«

Damals beendete ich das Gespräch unter einem Vorwand.

»Hab noch was zu tun«, entgegnete ich rasch, lächelte und machte die Biege.

Ich kann nicht so gut auf diese »Sie erinnern mich …« Gespräche. Ich lehne mich an die verstaubte Tischtennisplatte. Die muss auch noch weg. Ihr löchriges Netz hängt schlaff nach unten.

Eine Pause kann nicht schaden. Ich nehme einen Schluck aus meiner Wasserflasche. Als ich den Deckel aufschraube, bleibt mein Blick an etwas hängen. Eine der Regalrückwände hat sich gelöst und ist zur Seite gekippt. Der entstandene Spalt gibt die Sicht auf die dahinterliegende Wand frei. Zuerst erkenne ich es nicht. Ich trete näher, schiebe ein altes Kofferradio beiseite, dessen Antenne durch einen Metallkleiderbügel ersetzt worden ist. Tatsächlich! Meine Finger tasten sich durch und berühren lackiertes Aluminiumprofil. Es ist der Teil einer Zarge. Warum sollte jemand ein Regal vor eine Tür platzieren? Ich beeile mich und lege den Bereich frei. Die Regalböden stelle ich beiseite und schiebe die lose Rückwand weiter aus dem Weg. Die Tür kommt zum Vorschein. Spinnweben und der Schmutz von Jahrzehnten liegen schützend vor ihr. Hier war ewig niemand mehr durchgegangen. Mit dem Besen entferne ich das Gröbste und betätige die Klinke. Sie ist verschlossen. Ich nehme mein Schlüsselbund heraus. Kratzend bahnt sich mein Generalschlüssel seinen Weg ins Schloss. Der erste Versuch zu öffnen bleibt erfolglos, aber ich bin sicher, dass der Schlüssel passt. Vorhin habe ich eine Dose Kriechöl gesehen. Ich sprühe eine gute Ladung in den Zylinder und durch Korrosion verfärbtes Öl tritt in einem zähen Rinnsal aus. Es vermischt sich mit Staub und rinnt schmierig nach unten. Ich gebe der Chemie einen Moment, bis ich den nächsten Versuch starte. Der Schlüssel lässt sich ein Stück vor und zurückdrehen. Schließlich gibt das Schloss seinen Widerstand auf. Ächzend lässt sich der Schlüssel drehen. Einmal, zweimal. Für einen kurzen Moment halte ich inne, dann öffne ich.

Abgestandene Luft drängt heraus. Der Raum ist dunkel. Ich versuche etwas zu erkennen. Unklare Konturen arbeiten sich allmählich heraus. Meine Hand tastet nach dem Lichtschalter. Ich rechne nicht mit einer Funktion, doch mit einer trägen Doppelzündung und beschwerlichem Brummen erwacht eine Leuchtstoffröhre an der Decke zum Leben. Ich sehe mich um. Der Lichtschlitz zur Außenseite des Hauses ist mit Folie beklebt. Auf allem liegt eine dicke Staubschicht, dennoch wirkt der Raum aufgeräumt. Alle Merkmale einer gut sortierten Werkstatt sind vorhanden. Eine Werkbank, Regale in denen Bohr- und Schleifmaschinen lagen, Maul- und Ringschlüssel, Zangen und Hämmer übersichtlich nach Form und Größe sortiert. Stahlschränke runden das Bild ab, an dem sich jeder Handwerker erfreuen würde. Auf der rechten Seite gibt es eine weitere Tür. Wenn ich mich nicht täusche, liegt dahinter der Kellerflur. Das ist unmöglich. Verunsicherung macht sich in mir breit. Ich gehe zurück durch den Gemeinschaftsraum und dann in den Kellerflur. Wie erwartet, stehe ich vor einer fleckigen Wand, die einmal hellgrau gewesen sein mochte. Keine Tür. An der gegenüberliegenden Seite des Flurs gibt es gleich drei davon. Die doppelflügelige Milchglastür, die zum alten Schwimmbad führt. Auf ihr klebt das vergilbte Schild "Badebereich vorübergehend geschlossen". Als ich hier anfing, sah ich das erste Mal hinein. In den Neunzehnhundertsiebziger-Jahren galten Schwimmbäder in Wohnhäusern als angesagt. Vermutlich war es aus Kostengründen geschlossen worden. Seitdem wartete es auf eine sinnvolle Umnutzung. Bei der ersten Sanierung nutzte man es als Lagerfläche für Baustoffe. Daneben gibt es die Tür zu den Technik-

und Versorgungsräumen und den Durchgang in den zweiten Keller-teil, in dem sich die Kellerräume der einzelnen Mieter befinden. Geradeaus die Tür zum Treppenhaus.

Ich betrachte die Wand, an der es eine Tür geben müsste, genauer. Sind das Unregelmäßigkeiten im Putz? Warum ist mir das vorher nie aufgefallen?

Mit der Handfläche taste ich über die Oberfläche. Dann klopfe ich sie Stück für Stück ab. Hier ist nachträglich ein Stück Rigips eingezogen worden.

Ich gehe zurück, nehme beherzt die Klinke in die Hand und reiße die Tür auf. Es ist, als tritt mir jemand in die Kniekehlen. Mein Puls schnellt in die Höhe, während ich gleichzeitig in meinen Bewegungen einfriere. Ich blicke nicht auf die Rückseite einer Rigipsplatte. Vor mir eine hell erleuchtete Kellerdiele. Wie kann das sein? Gerade habe ich gesehen, dass ...

Ich schlucke und stehe da, unfähig, mich zu rühren. Mein Blick stur auf die gegenüberliegende Schwimmbadtür gerichtet. Etwas saugt mich in einen Strudel und reißt mich aus der sicheren Verankerung der Realität. Es dauert, bis ich in der Lage bin, meinen Gedanken eine geordnete Richtung zu geben. Das Schild "Badebereich vorübergehend geschlossen" ist verschwunden. Blasses Licht schimmert durch die milchige Verglasung. Ich trete langsam in den Flur hinaus. Der Geruch von frischer Farbe, vermischt mit aufdringlichem Chloraroma, steigt mir in die Nase. Das Grau der Wände ist einem Weiß gewichen. Ich höre Musik. Die Tür zum Treppenhaus steht offen. Jemand hat sie mit einem Keil gesichert. In einer Ecke steht ein Stapel Kartons.

Ich gehe weiter und öffne die Milchglastür. Gedämpftes Lachen von planschenden Kindern ist zu hören. Weiter vorne die Tür mit der Aufschrift "Zutritt nur mit Badeschuhen". Instinktiv schaue ich auf meine Füße und muss lächeln. Ich gehe weiter und öffne Sie.

Wiederhallendes Getöse und feuchte Luft schlagen mir entgegen. Ein Mädchen mit einem Wasserball springt schreiend ins Becken. Auf der gegenüberliegenden Seite sitzen drei Frauen auf bunt gestreiften Sonnenstühlen um einen Klapptisch herum. Sie tragen grelle Plastikbadekappen mit Blütenapplikationen. Als sie mich bemerken, nicke ich ihnen zu, worauf sie ihre Unterhaltung fortsetzen. Einen Moment stehe ich da. In meinem Kopf verbiegen sich die Gedanken.

Zurück im Flur steuere ich auf den Gemeinschaftsraum zu. Vor wenigen Momenten das Zentrum des Mülls, erstrahlt er in den freundlichsten Farben. Die Tischtennisplatte ist nagelneu und steht aufgebaut im Raum. Das Netz straff gespannt, darauf zwei Schläger und Bälle. Die Regale sind verschwunden und an einer Seite befindet sich ein einladendes Sofa mit karierten Kissen. Auf einem niedrigen Rattantisch steht das Radio und tönt "Butterfly". Seine metallglänzende Teleskopantenne ragt nach oben. Darüber hängt eine Dartscheibe, in der Pfeile stecken, nebst Scoretafel. An den Wänden verteilen sich Filmposter wie "Love Story", "M.A.S.H.", und "Planet der Affen".

Die Tür zum Werkstattkeller steht offen. Regale und Werkzeuge sind sauber. Auf wackeligen Beinen gehe ich um die Platte herum und lasse mich auf das Sofa fallen. Es ist real, zumindest lande ich nicht auf dem Boden. Es kommt mir vor, als gleite mir eine Konstruktion aus Legosteinen aus der Hand, die am Boden in ihre Einzelteile zerspringt.

Kann ich zurück? Ich schnelle hoch und gehe auf die Werkstatt zu. Nein, nein, ich muss den gleichen Weg zurück. Keinen Fehler machen, der nicht zu korrigieren ist. Zurück in den Flur.

Ich blicke von der anderen Seite in die Werkstatt. Von hier sieht der Raum wie vorhin aus. Staubig und verlassen. Ein dumpfes Pochen beginnt sich in meinem Kopf festzusetzen. Alles wieder auf Anfang setzen? Die Türen schließen und alles vergessen? Ich habe den

Entschluss bereits gefasst, als das Treppenhaus meine Aufmerksamkeit erregt. Wie sieht es draußen aus? Kann ich einen Blick riskieren? Die Neugier kämpft mit der Besonnenheit und ... die Neugier siegt.

Ich gehe nach oben. Auch im Erdgeschoss gibt es Veränderungen. Die Briefkästen kommen gerade aus dem Laden und einige tragen noch kein Namensschild. Sonnenstrahlen dringen ungehindert von draußen herein. Die Eiche ist zwar da, aber kaum zwei Meter hoch und zwischen Holzpfosten festgeschnürt. Ich trete nach draußen. Schwere Luft und Straßenlärm donnern auf mich ein. Die Haustür quietscht, als ich sie öffne. Das einzig Vertraute in dieser Welt. Stufen und Terrassenplatten sind frisch angelegt. Ein Geländer und die übrige Bepflanzung sind nicht vorhanden. Zwei Geschäfte im Erdgeschoß sind bereits bezogen. Ein Friseur und ein Bekleidungsgeschäft. Im Schaufenster hängen grellfarbene Hemden mit Kragen so groß wie Segel. Zwei Frauen im Laden tragen hochtoupierte Frisuren, sind auffällig geschminkt und kauen Kaugummi. Auf der Straße rollen Simca, Opel Admiral, Käfer und Enten vorbei.

An der Haltestelle fährt nicht die U79 in Richtung Duisburg ab. Der Schlund des U-Bahn-Tunnels ist verschwunden. In einiger Entfernung sehe ich die gelben Wagen einer Straßenbahn näherkommen. Mit Gerumpel bleibt das alte Schlachtross vor dem Haus stehen. Im Anhänger steht ein Schaffner, der sich Fahrkarten zeigen lässt. Ich mache ein paar Schritte auf den Bürgersteig.

»Hey!«

Ein Junge bringt mit quietschenden Bremsen sein Fahrrad zum Stehen. Er trägt einen Parka mit aufgenähter Deutschlandfahne an der Schulter, eine braune Kordhose und ein Baseball-Cap mit der Aufschrift "Trimm Dich". An der Sattelstange baumelt ein Fuchsschwanz. So ein Rad hatte ich auch mal. Ein Bonanza-Rad mit Mit-

telgangschaltung, langgezogenem Sitz und weit nach oben ausufern-
dem Lenker. Er machte einem das Steuern beinahe unmöglich, sah
aber cool aus.

»Das 'n Radweg«, nuschelt er, ohne mich anzusehen.

Er will weiter.

»Moment, kannst du mir das Datum sagen?«

Seine Augen verraten was er denkt.

»12. Juni.«

»Das Jahr, das Jahr«, schieße ich nach.

Mit einem Stirnrunzeln nuschelt er: »71.«

Er schiebt sich an mir vorbei, geht aus dem Sattel und tritt in die
Pedale.

»12. Juni 71«, wiederhole ich.

Ich setze mich auf die neue Waschbetonmauer. Um mich herum
eine Welt, die Jahrzehnte hinter mir liegt.

Paradoxien bombardieren meinen Kopf. Ich sitze eine Weile dort.
Dann kommt mir ein Gedanke. Konkret und klar wie ein wolkenlo-
ser Morgen am Strand. Was ist, wenn jemand anders den Kellerraum
entdeckt und ungewollt den gleichen Weg wie ich nimmt? Ein Strom-
schlag durchzuckt mich. Ich muss zurück. Die Haustür war hinter
mir zugefallen. Mit zittrigen Fingern greife ich nach dem Schlüsselbund. Erleichtert stelle ich fest, dass mein Schlüssel passt. Ich stürze
die Treppe nach unten. Auf der letzten Stufe mache ich mich beinahe
lang. Im Kellerflur steht ein Mädchen in einem langen weißen Bademantel und roter Badekappe. Neben ihm eine Frau im Badeanzug.
Mein Blick wechselt zwischen den beiden und der Tür zur Werkstatt.
Sie ist verschlossen. Das Mädchen schaut mir in die Augen. Ich setze
ein dünnes Lächeln auf.

»Komm Bettina, wir müssen nach oben«, sagt die Frau und geht
an mir vorbei.

Das Mädchen zögert. Sie betrachtet das Fortunawappen auf meinem T-Shirt. Ohne etwas zu sagen, gehe ich zur Werkstatttür. Ich öffne Sie. Beißender Geruch steigt mir in meine Nase. Der Raum ist voller Gerümpel. Ich halte eine Hand vor den Mund und gehe hinein. Nichts deutet mehr auf die ordentliche Werkstatt hin. Um mich herum Unrat und Gestank. Hat sich der Gemeinschaftsraum auch verändert? Ein letzter Blick und dann nichts wie raus. Als ich die Tür erreiche, muss ich mich am Rahmen abstützen.

Mein Körper gefriert zu Eis. Was ich sehe, sprengt meine Vorstellungskraft.

Das Gespräch

von Tilmann Schipper

»Ich danke Ihnen, dass Sie gekommen sind, Herr Meier.«

»Miär.«

»Äh, wie bitte?«

»Miär, ich spreche mich Miär, nicht Meier.«

»Raphael Miär? So sagt es die Akte.«

»In der Tat. Für meinen Vornamen trage ich keine Verantwortung, doch mein Familienname spricht sich Miär.«

»Ein recht ungewöhnlicher Familienname, Herr Meir ...«

»Miär bitte.«

»Entschuldigung, Miär. Ich habe diesen Namen bisher nie gehört.«

»Das überrascht mich nicht. Unser Familienname lässt sich weder allgemein im Internet oder speziell bei Wikipedia finden. Zumindest nicht in Verbindung mit deutschsprachigen Seiten.«

»Kommen wir doch zum Zweck ihres Besuches, Herr Miär. Es freut mich, Sie heute in unserem Büro zu begrüßen. Erlauben Sie mir, Ihnen etwas anzubieten: Kaffee, Wasser ...«

»Feiern wir einen Geschäftsabschluss oder Ähnliches?«

»Also gut, wenn Sie etwas wünschen, sagen Sie es mir bitte. Der Anlass unserer Zusammenkunft ist die unschöne Situation in Ihrem Haus ...«

»... es gehört mir nicht.«

»Sicher, doch Sie wohnen in diesem Haus und ich bezeichne es mal so. Zunächst erlaube ich mir die Gründe unserer Einladung zusammenfassen?«

»Bitte.«

»Wie sie ja wissen, hat sich Ihre Nachbarin im Keller das Leben genommen. Genaugenommen im Privatkellerbereich.«

»Sie war keine Nachbarin.«

»Sie wohnte doch ebenfalls im Haus.«

»Nachbarn sind Mitbewohner, welche sich unmittelbar auf meinem Flur, im Regelfall in Verbindung mit einem bestehenden Miet- oder Kaufvertrag für die genutzte Wohnung, aufhalten. Alle anderen sind Mitbewohner.«

»Interessante Definition, ich denke, diese Erklärung für Nachbarschaft sollte ich mir merken. Zurück zum Thema. Sie werden ihr doch begegnet sein? Sie wohnte im fünften Stock.«

»Sie sagen es, im Fünften, nicht auf meiner Etage. Der Etage meiner Nachbarn und mir.«

»Weil sie im fünften Stock wohnte, ist sie keine Nachbarin?«

»Das habe ich doch soeben definiert.«

»Ja, also ihre Mitbewohnerin aus dem fünften Stock ist das Opfer. Die Polizei hatte die Selbsttötung ja bereits als solche abgeschlossen. Leider haben die Verwandten es geschafft, die Staatsanwaltschaft davon zu überzeugen, dass eine weitergehende Untersuchung erforderlich ist, da die Verwandten einen Suizid kategorisch ausschließen. Bedauerlicherweise wurde die Leiche bereits eingeäschert. Haben Sie … Fragen?«

»Nein, nein, fahren Sie fort.«

»Die Versicherung, für welche ich tätig bin, hat nur ein geringes Interesse daran, dass eine erneute Untersuchung zu einem anderen Ergebnis führt.«

»Sie wäre gehalten zu zahlen.«

»Die Möglichkeit besteht. Eine Versicherung lebt nicht davon, nur Geld auszugeben.«

»Sicher.«

»Gut, ich sehe, wir verstehen uns. Mit anderen Worten, unser Gespräch dient dazu, Argumente für den Suizid zu finden, mit welchen wir die Gegenseite davon überzeugen, dass es sich mit absoluter Sicherheit darum handelt.«

»Und dabei wünschen sie meine Hilfe?«

»Es wäre freundlich und auch entgegenkommend von Ihnen. Ihre Nachbarn und weitere Bewohner des Hauses waren bereits so freundlich mit mir zu sprechen. Ich bot Ihnen ja an, sie auch direkt in ihrer Wohnung aufzusuchen, doch bestanden Sie auf einem Gespräch in meinen Geschäftsräumen.«

»Das Wetter ist zurzeit ausgezeichnet. Da gehe ich gerne spazieren.«

»Es hätte regnen können, Herr Meir …«

»… Miär, ist das so schwierig? Miär …«

»… Entschuldigung, Herr Miär. Ich merke es mir jetzt.«

»Das steht zu hoffen.«

»Ich möchte Ihre Zeit selbstverständlich nicht zu lange in Anspruch nehmen. Wären Sie bereit mir einige Fragen zu beantworten, welche ich allen anderen befragten Mitbewohnern des Hauses ebenfalls stellte?«

»Ich hörte davon. Sie dürfen mir Ihre Fragen stellen.«

»Danke. Die erste Frage lautet: Wie lange leben Sie bereits in dem Haus?«

»Im April werden es 6 Jahre.«

»Das ist in 11 Monaten.«

»Mein Blick geht immer in die Zukunft.«

»Gut, ist es korrekt, dass Sie im August 62 werden?«

»Woher haben sie diese Information?«

»Die Hausverwaltung hat der Staatsanwaltschaft die Informationen zur Verfügung gestellt und die Rechtsabteilung meines Klienten hatte Einsicht in die Akten, da ja deren Interessen betroffen sind. Man stellte sie mir für die anstehenden Fragen zur Verfügung.«

»Dann ersparen wir uns bitte weitere persönliche Fragen. Es ist mal wieder typisch, wie die Persönlichkeitsrechte verletzt werden.

Unter diesen Umständen halte ich ein weiteres Gespräch für redundant.«

»Einen Moment, einen Moment Herr Miär, bitte verstehen Sie auch die Situation meines Klienten. Es steht eine Menge Geld auf dem Spiel. Außerdem wäre damit das Thema abschließend für das ganze Haus vom Tisch. Sicher wird doch immer noch viel darüber gesprochen?«

»Ich spreche nicht mit meinen Mitbewohnern über andere Bewohner des Hauses.«

»Aber sicher begegnet man sich, zum Beispiel im Korridor, kommt ins Gespräch …«

»… es leben genügend Parteien im Haus, die es früh verlassen und spät zurückkommen. Die Wenigen, welche wie ich ständig anwesend sind, haben sicher schon mal Termine außer Haus. Ist dieser Umstand für sie vorstellbar?«

»Natürlich, und dabei trifft man sich im Korridor oder vor der Haustüre und kommt ins Gespräch.«

»Man trifft sich, grüßt, bemerkt etwas zum Wetter, der Müllabfuhr, dem Verkehr etc. und trennt sich. Dazwischen sind die Gespräche belanglos.«

»Haben Sie mit dem Opfer gesprochen?«

»Nein.«

»Sind Sie ihr nie begegnet?«

»Das habe ich nicht gesagt.«

»Kurz gefragt: Begegnete Ihre Mitbewohnerin Ihnen vor dem Haus, auf dem Korridor oder vielleicht auch im Aufzug? Und sprachen Sie bei dieser Gelegenheit mit Ihr?«

»Es besteht die Möglichkeit, dass ich sie vielleicht kurz grüßte. So wie ich es immer handhabe, jedermann gegenüber. Höflichkeit ist schließlich eine Zier.«

»Herr Miär, haben Sie mit ihr gesprochen? Gut, ihre Kopfbewegung deute ich als ein deutliches Nein. Schauen Sie sich bitte das Foto an. Da komme ich zu dem Urteil, dass sie eine sehr attraktive Frau war. Mitte 30 und offensichtlich nicht unvermögend, wie aus den Akten deutlich wird.«

»Sie war wohl kaum attraktiv.«

»Wie kommen sie darauf, Herr Miär?«

»Alles war Verpackung.«

»Verpackung?«

»Alles teure Verpackung.«

»Erklären Sie das bitte.«

»Nun ja, ich bin ihr sicher ein- oder zweimal begegnet. Sie sollten wissen, ich habe ein recht ausgeprägtes Gespür für die Präsenz des Menschen. Wie sagt man: … ob was rüberkommt. … Da kam nichts.«

»Sie trug teure und modische Kleidung, Design denke ich, auch besaß sie edlen Schmuck. Er war noch da, als ihre Nachbarin sie fand. Damit wir uns verstehen, ich meine natürlich die Mitbewohnerin aus der Wohnung nebenan.«

»Machen Sie sich lustig über mich?«

»Wo denken Sie hin. Nein, nein, alle Wertgegenstände waren offensichtlich unangetastet. Das bestätigt die Polizei ebenfalls im abschließenden Bericht. Somit liegt daher aus Sicht meines Klienten kein Kapitalverbrechen vor, sondern Suizid. Stimmen Sie mir zu?«

»Das war doch nur Tand von Menschenhand.«

»Bitte was?«

»Der Schmuck und alles, das war Tand aus Menschenhand.«

»Die Brücke am Tay.«

»Oh, ich sehe, Sie kennen ihren Fontane.«

»Lassen wir mal Fontane bei Seite. Erläutern sie mir Ihre Meinung zur Verstorbenen.«

»Ich habe zu der Dame eine explizite Meinung.«

»Die wäre?«

»Keine.«

»Sie gestatten mir. Wenn ich Sie mir so ansehe, mit allem Respekt, so machen Sie auf mich den Eindruck eines gepflegten älteren Herren, mit einem gesicherten und stabilen Einkommen, ausgewählter und bewusst ausgesuchter Kleidung, farblich alles sorgfältig aufeinander abgestimmt. Und die Krawattennadel, ihre Manschettenknöpfe und erst recht die Armbanduhr, scheinen, mit allem Respekt, nicht zu preiswert im Einkauf gewesen zu sein. Wenn Sie mir erlauben, dies zu bemerken.«

»Ich lege Wert auf eine gepflegte Erscheinung.«

»Waren Sie in einem öffentlichen Bereich tätig?«

»Steht das nicht in ihren Akten?«

»Es ist nichts vermerkt. Darf ich fragen, welcher beruflichen Tätigkeit Sie nachgingen?«

»Sie dürfen.«

»Und?«

»Doch gebe ich Ihnen darauf keine Antwort. Es geht Sie einfach nichts an.«

»Gut, lassen sie uns zum Thema zurückkommen. Der Tag, an dem Ihre Nachbarin tot aufgefunden wurde, war der 8. November. Trafen Sie sie an diesem Tag, vielleicht im Aufzug oder an der Haustüre?«

»Ich begegnete ihr einige Tage früher.«

»Wann? Wo?«

»Die Fragen beantworte ich in der Abfolge Ihrer Worte. Es war einige Tage zuvor, an dem Feiertag, dem 1. November. Sie verließ das Haus, als ich wieder ins Haus zurückkehrte.«

»Sie befanden sich also auf dem Weg in das Haus?«

»Sagte ich das nicht?«

»OK, sie kamen also nach Haus und die Verstorbene verließ das Haus.«

»Wir sollten uns darauf einigen, dass Sie auf diese Anglizismen verzichten. Das ist so ordinär.«

»Hören Sie, … möchten Sie jetzt vielleicht einen Kaffee, ich brauch einen.«

»Danke nein.«

»Erzählen Sie ruhig weiter, während ich mir den Kaffee einschenke, ich höre Ihnen dennoch aufmerksam zu.«

»Ich befand mich auf dem Gehweg, im Zugang zum Haus, und bevor sie fragen: in Schrittrichtung zur Haustüre unseres Wohnhauses. Kurz bevor ich diese erreichte, öffnete sich die Haustüre, schwang auf und zunächst wurde ein Mann von ca. 35 Jahren sichtbar. Danach kam meine ehemalige Mitbewohnerin. Er hielt ihr nicht die Tür auf.«

»Hielt man Ihnen die Tür auf?«

»Wie, was meinen Sie damit?«

»Hielt Ihnen die Verstorbene die Tür auf?«

»Nein, sie wartete nicht bis ich herantrat, sie ließ die Türe ins Schloss fallen. Ich empfand dieses Verhalten als äußerst unhöflich.«

»Warum?«

»Ich bin der Ältere, sie sah mich kommen und hätte die Türe offenhalten sollen. Es ist allen Bewohnern bekannt, dass die Schlüssel immer haken und zudem quietscht diese Haustüre fürchterlich.«

»Woher sollte Sie wissen, dass Ihre Schlüssel immer haken?«

»Die Schlüssel aller Bewohner haken.«

»Und woher wissen Sie das?«

»Meine Nachbarn und ich haben uns deshalb bereits bei der Hausverwaltung beschwert. Ebenfalls wegen des Quietschens. Ein unhaltbarer Zustand. So denke ich, es ist ebenso ein Problem jedes weiteren

Bewohners des Hauses, wie es das meinige ist. Außer ihrem natürlich.«

»Warum?«

»Sie ist tot. Einen Schlüssel wird sie nicht mehr brauchen. Doch bereits zu ihren Lebzeiten hakte das Schloss.«

»Das ist jetzt aber ausgesprochen makaber. Trafen sie ihre Mitbewohnerin später nochmals?«

»Ja, einige Tage danach, aber da erinnere ich mich nicht genau an das Datum. Es wird wohl der 6. November gewesen sein.«

»Wo begegneten sie sich?«

»Am Aufzug im Keller.«

»Was taten sie beide im Keller?«

»Ich entsorgte leere Flaschen. Die Aktivitäten meiner Mitbewohnerin habe ich nicht verfolgt. Ihr Aufenthalt im Keller betraf mich auch nicht.«

»Sprachen sie miteinander.«

»Nein, nur "Guten Tag".«

»Verlies sie den Keller oder betrat sie ihn.«

»Weder noch. Sie stand am Aufzug und wartete dann bis ich zurückkam, sie blockierte dafür den Aufzug. Ich habe ihr dafür selbstredend gedankt.«

»Gut, hat es ihre Nachbarin überrascht?«

»Wie bereits mehrfach erläutert, Mitbewohnerin. Jetzt hätte ich gerne einen Kaffee, schwarz, mit Süßstoff.«

»Äh, ja natürlich. Darf ich Ihnen auch unser Gebäck dazu reichen?«

»Kaffee genügt. Lassen Sie sich Zeit. Ich schätze keinen Kaffee in der Untertasse.«

»Bitte sehr, Ihr Kaffee Herr Miär.«

»Wie erstaunlich, er ist sogar heiß. Sie haben eine gute Thermoskanne. Also dann, zurück zu Ihrer Frage. Es hat mich nicht überrascht. Warum auch. Diese Lösung ist im Haus bekannt und wird von allen angewandt.«

»Was? Warum? Welche Lösung?«

»Der Aufzug ist altersbedingt recht langsam. Man wartet ewig. Dies führt dazu, dass jeder auf seinen Mitbewohner wartet, wenn er ihn kommen sieht.«

»Den Aufzug?«

»Den Mitbewohner, mein Gott. Man fährt gemeinsam und hält in der jeweiligen Etage.«

»Sie verließen dann in ihrer Etage den Aufzug?«

»Nein.«

»Nein?«

»Meine Mitbewohnerin fragte mich nach der Funktion der Heizungsuhr. Der Ablesezeitpunkt stand bevor. Ihr waren die Modalitäten nicht vertraut. Daher bot ich ihr an, diese kurz am Objekt zu erklären. Dazu fuhr ich mit ihr in die fünfte Etage.«

»Gut, Sie betraten ihre Wohnung.«

»Das war unumgänglich. Der Montagestandort der Heizungsuhr befindet sich hinter einer Abdeckung im Zugangsflur der Wohnungen. Um die Heizungsuhr abzulesen, muss die Abdeckung entfernt werden. Künftig geschieht dies dann auf einem elektronischen Weg.«

»Ja, ganz moderne Technik, aber im Moment nicht von Bedeutung. Was geschah dann.«

»Nichts geschah. Was denken Sie von der Dame!«

»Gut, sahen Sie sie später nochmals?«

»Sie war dankbar und so freundlich mich für den Abend einzuladen. Als Dankeschön beabsichtigte sie einen, so sagte sie, neu entdeckten und vollmundigen französischen Rotwein gemeinsam mit mir zu verkosten. Ich nahm die Einladung an, bestand aber darauf, ebenfalls einen meiner exzellenten Weine mitzubringen. Dem stimmte Sie zu. Am Abend haben wir uns dann genau um 19:55 Uhr in ihrer Wohnung getroffen.«

»Weshalb genau um 19:55 Uhr?«

»Ich bin niemals unpünktlich. Immer ein wenig früher.«

»Gut, um 19:55 Uhr trafen Sie ein. Waren Sie alleine? Nur um Missverständnissen vorzubeugen: also nur sie beide?«

»Das erfassen Sie korrekt. Sie hatte einige kleine Pasteten vorbereitet. Recht liebevoll und schmackhaft. Offensichtlich genoss sie das Gespräch mit einem kultivierten, reifen Herrn wie mir.«

»Das schmeichelte Ihnen?«

»Junger Mann, sie wären davon ebenfalls geschmeichelt gewesen. Ich werte Ihre Bemerkung jedoch so, dass Sie leider dafür kein Gefühl haben.«

»Also ...«

»Versuchen Sie bitte nicht, sich herauszureden.«

»Schon gut. Es geht ja nicht um mich. Sie hatten also einen netten Abend und trafen sie sich später wieder?«

»Sie vergaß die Servietten.«

»Bitte?«

»Es gab nur Papierservietten. Stellen Sie sich das doch vor. Mein exzellenter Wein, schmackhafte Pasteten, davon verstand sie etwas, und doch nur Papierservietten. Zudem holte sie sie erst. Verstehen Sie. Ich ging davon aus, dass sie über Stoffservietten verfügt, dann wäre das Vergessen der Servietten ein kleiner Fauxpas gewesen, ärgerlich, aber unerheblich. Sie kommt mit Papierservietten zurück.«

»Vorsicht ihr Kaffee. Das hat Sie so erregt?«

»Es war, es war, es war unmöglich. Ich war erschüttert. Sofort habe ich den Abend beendet und bin in emotionaler Erregung in meine Wohnung zurückgekehrt.«

»Gut, danach haben Sie sie nicht wiedergesehen? Erzählen Sie bitte weiter. Was geschah dann?«

»Lassen sie doch das ewige "Gut" sein. Nein, das habe ich so keineswegs gesagt. Danach brauchte ich einige Zeit mich wieder zu fassen. Sie merken, selbst jetzt erregt es mich noch. Es gelang mir, mich nach einer längeren Phase dieser Achterbahnfahrt zu beruhigen. Als mein Puls wieder deutlich unter siebzig war, ich messe regelmäßig, hatte ich mich mit der durchlebten Situation auseinandergesetzt und entschlossen, mein Verhalten ihr gegenüber zu entschuldigen.«

»Sehr freundlich. Was taten Sie?«

»Lassen Sie mich doch endlich einmal ausreden. Ich fuhr zurück in den fünften Stock, klingelte bei ihr, sie öffnete mir, ich entschuldigte mein Verhalten und wandte mich zum Gehen. Zu meiner Überraschung bat sie mich, einzutreten. Und dass, obwohl Sie bereits einen Bademantel trug, tiefschwarz, mit einem Silbermond aus Strasssteinen besetzt, entzückend, einfach entzückend. Sie trug ihn offen über ihrer Kleidung, in so einer Showallüre. Dennoch entschloss ich mich, ihrer Einladung zu folgen, und betrat erneut die Wohnung.«

»Machte sie Sie geil?«

»Werden Sie doch jetzt bitte nicht auch noch ordinär. So lasse ich nicht mit mir über eine Dame reden. Das Gespräch ist hiermit beendet.«

»Entschuldigung, es ist nicht so gemeint. Aber die Situation wirkt, das werden Sie doch zugeben, recht einladend.«

»Ich empfand die Situation nicht als einladend. Sie war herausfordernd!«

»Haben Sie die Herausforderung angenommen, Herr Miär?«

»Auch ich bin ein Mann.«

»Sehr richtig. Sie sind ein Mann. Und den Frauen gegenüber sicher nicht abgeneigt.«

»Mit allem gebotenem Respekt.«

»Versteht sich von selbst. Ist denn noch etwas passiert?«

»Was meinen Sie damit?«

»Sie fühlten sich animiert, erneut die Wohnung zu betreten.«

»Ja, ich betrat hinter ihr erneut in die Wohnung. Als wir an der Spiegelwand vorbei kamen ...«

»... Spiegelwand?«

»Ja, es ist ein großer Wandspiegel im Flur montiert, worin sich zwei Personen auf einmal sehen. Als wir ihn passierten sah ich, wie sie mit dem rechten Ende des Gürtels Schwungbewegungen ausführte. Immer schneller und höher. Bis das Gürtelende ihres Bademantels gegen ihren Bout wippte. Es war unglaublich herausfordernd.«

»Bitte sprechen Sie weiter.«

»Verstehen Sie nicht? Es war an diesem Abend alles so perfekt gewesen, alles bis zu den Servietten. Und jetzt trug sie einen Bademantel über ihrem Kleid, dem Kleid mit dem großen Ausschnitt. Das war absolut nicht korrekt. Wieder passte etwas nicht in die Harmonie des Augenblicks. Sie hätte nur den Bademantel tragen dürfen, nur den Bademantel. Das war nicht in Ordnung. Ich gezwungen zu handeln, griff zu, bekam den Gürtel zu fassen, riss ihn ihr von der Hüfte, sie ließ erschrocken los und während sie sich mir zuwandte, warf ich ihn ihr direkt in weitem Bogen um den Hals. Es war so einfach, ich sah, wie erstaunt sie war, vielleicht hoffte sie, ich wolle sie zu einem Kuss einfangen. Doch bevor sie begriff, kreuzte ich den Gürtel und zog ihn zu. Schauen Sie nicht so konsterniert. Ich denke, Sie sollten ihrem Klienten sagen, dass es Zeit wird einen Scheck für die Hinterbliebenen ausstellen.«

Der alte Mann und die Tür

von Karl Kreifelts

Paul Klein bestrich vier runde Knäckebrotscheiben mit Pflanzenfett (wegen der besseren Cholesterinwerte), belegte drei davon mit je einer Scheibe Putenschinken, Edamer light, Corned Beef und bestrich eine vierte mit Frühlingsmagerquark. Dazu brühte er sich eine Tasse entkoffeinierten Kaffees auf und begann mit dem Verzehr seines Frühstücks. Er war mit 87 Jahren noch stolzer Besitzer aller seiner eigenen Zähne und konnte problemlos in sein geliebtes Knäckebrot beißen. Er fand überhaupt, dass er noch gut beieinander war. Sein Gedächtnis ließ ihn nie im Stich, und es gab kein Kreuzworträtsel, das er nicht fehlerfrei löste. Ein größeres Handicap waren seine Beine, auf deren einwandfreie Funktion er sich mittlerweile nicht mehr verlassen konnte. Deshalb verließ er auch äußerst selten seine Wohnung, in der er sich allerdings noch sicher zurechtfand.

Er hatte das Glück, in dem Vielparteienhaus, das er bewohnte, die Wohnung direkt rechts neben der Hauseingangstür seine eigene nennen zu können. Wenn er je das Haus verlassen musste, brauchte er keine Treppen zu steigen. Das wäre ihm schon schwergefallen. Wenn er seinen Freund Alfred besuchen wollte, der im fünften Stock wohnte, konnte er den Aufzug nehmen, dessen Eingang sich schräg gegenüber seiner Wohnungstür befand. Es war ein Haus voller junger Leute (von ihm abgesehen), selbst Alfred war viel jünger als er, er war sogar noch berufstätig, wenn man das von einem Abteilungsleiter beim Einwohnermeldeamt so sagen kann.

Paul hatte gerade die vierte Scheibe Knäckebrot verspeist. Es war 7:40 Uhr, und er wartete darauf, dass Alfred das Haus verließ, um die Straßenbahn um 7:42 Uhr Richtung Rathaus zu nehmen. Während er die Kaffeetasse hob, nahm er das leise Quietschen wahr, das jedes Öffnen und Schließen der Haustür begleitete. Die Haltestelle lag dem

Haus direkt gegenüber, so dass Alfred die Bahn immer bekam, wenn die Haustür um 7:40 Uhr quietschte.

Paul trug das benutzte Geschirr zur Küche und spülte es. Nach dem Abtrocknen stellte er es wieder in den Küchenschrank, denn er konnte es gar nicht leiden, wenn es auf der Arbeitsplatte im Weg stand.

Den Vormittag verbrachte er mit dem Studium der Tageszeitung. Lokale Unglücke überlas er; es interessierte ihn nicht, ob der Hausmeister am Comenius-Gymnasium wegen Krankheit heute die Turnhalle nicht aufschloss oder in Benrath ein Postauto aus der Kurve flog.

Gegen 10:30 Uhr kam Frau Alvermann. Else Alvermann von nebenan hielt ihm die Wohnung sauber und ging für ihn einkaufen. Einfach, weil sie eine Nette war. Noch nie hatte sie etwas dafür verlangt. Für sie war das selbstverständlich. Heute kam sie nur, um seine Einkaufsliste abzuholen, denn Putztag war erst morgen. Als Frau Alvermann klingelte, stand er schon an der Tür, um ihr zu öffnen.

»Na, Paul, was kann ich dir denn heute vom Konsum mitbringen?«

»Heute ist Donnerstag, da gibt es bei Opa Klein Hähnchenfilet mit Reis, das ist gut für die Figur!«

»Und nix dazu? Kein Süppchen vorher und kein Eislein nachher?«

»Lieber nicht, da werde ich zu dick von. Ich muss auf meine Figur achten, sonst habe ich bei den Mädels keine Chancen mehr«.

»Na, du bist mir aber ein Schätzchen! Dafür haste noch Luft?«

Paul zwinkerte belustigt mit einem Auge.

»OK! Muss ich mich in Acht nehmen, wenn ich die Klamotten, sagen wir: in einer Stunde vorbeibringe?«

»Nimm dich lieber in Acht, dass ich dich nicht übers Knie lege, wenn du weiter so frech bist!«

Beide lachten, und Frau Alvermann ging ihre und Pauls Besorgungen machen. Als sie wiederkam drückte sie ihm eine Tüte mit Hähnchenfilet in die Hand.

»Ich würde ja gerne über Mittag bleiben, aber du kochst ja immer bloß für eine Person!«

»Ach Elschen, du bist doch sicher etwas Besseres gewohnt als Hähnchen mit Reis ohne Soße.«

»Du könntest dir ja auch mal was Leckeres gönnen!«

»Hast du deswegen mehr eingekauft?«

Er wog die Tüte mit dem Fleisch in der linken Hand.

»Im Rezept steht klipp und klar 80 Gramm, mehr landet alles auf der Hüfte. Die gestrichene Tasse Reis ist auch schon abgemessen. Komm her, ich schneide dir das Zuviel ab, das gibst du deiner Katze! Mit einem schönen Gruß vom Opa Paul! Und streichle sie einfach ein paar Mal von mir! Dann schnurrt sie die Ode an die Freude!«

Nach dem Mittagessen, es war mittlerweile 13:54 Uhr, wie er am Vorbeirumpeln der Straßenbahn erkennen konnte, stellte er seine Hauspantoffeln parallel zueinander und 90° zur Couch ab und legte sich für ein kleines Nickerchen hin. Das tat nach dem Mittagessen immer gut. Er schlief nach wenigen Tick-Tacks der Standuhr ein – ein Privileg des Alters – und befand sich sofort im Kontinuum seines Lieblingstraumes. Es war quasi sein Hobby, sich in die Zeit zurückzuversetzen, als er noch auf dem Stellwerk am Hauptbahnhof arbeitete, und er fuhr im Traum alle denkbar möglichen Schienenwege ab. Er war der Herr der Weichen, der Lenker und Dirigent im Gewirr der Gleispartitur. Mit wenigen Schaltungen, die er auch im Schlaf beherrschte, brachte er jeden der ihm anvertrauten Züge sicher in den Bahnhof und wieder hinaus.

Er erwachte, als der F17 "Germania" von Bonn nach Hannover quietschend die Weichenkombination vor dem Bahnhof passierte, um auf Gleis 4 in den Bahnhof einzufahren. Wie immer beendete er seinen Mittagsschlummer um 16:30 Uhr und schlüpfte in seine bereitstehenden Pantoffeln. Er richtete den Wohnzimmertisch für den bevorstehenden Besuch. Alfred, und darauf begann er sich jetzt zu freuen, würde gleich nach der Arbeit bei ihm auf ein, zwei Bier vorbeischauen. Für Alfred hatte er immer ein paar "Stubbis" im Kühlschrank. Er selber würde bis zur Tagesschau bei stillem Wasser bleiben, danach konnte er sich immer noch einen gönnen.

Nur komisch, dass er die Haustür nicht um 16:43 Uhr hörte, wie immer, wenn Alfred von der Arbeit kam. Vielleicht hatte er Rot und kam nicht schnell genug über die Straße.

Die Uhr tickte gen 16:45 Uhr, doch die Haustür schwieg beharrlich.

»Na, hat er vielleicht die Bahn verpasst? Das wäre ja nicht seine Art!«

Er schlurfte zum Kühlschrank und öffnete ihn geräuschlos. Die Stubbis lagen ordentlich in Reih und Glied und warteten auf ihr Schicksal. Er schloss die Tür wieder. Alles war bereit. Auf dem Wohnzimmertisch lagen vier Bierdeckel, zwei für die Gläser und zwei für die Flaschen. Für Alfred stellte er ein Schälchen mit Erdnüssen hin, und beidseits des Tisches hatte er die beiden Ohrensessel vis-à-vis platziert. Das einzige, was fehlte, war der Besuch.

Auch um 16:55 Uhr quietschte die Haustür nicht, und das hob seinen Adrenalinspiegel gewaltig. Alfred, der deutscheste Beamte, den er – neben sich selbst – kannte, kam nicht rechtzeitig nach Hause!? In Pauls Kopf begann unangenehmes Gedankengut mit den ersten Keimversuchen. Man hörte doch immer wieder, dass gerade die Beamten im Einwohnermeldeamt gefährlich lebten. Unangenehme Leute, die ihren Reisepass schneller als in sechs Wochen haben wollten, Gastarbeiter, die keiner verstehen konnte oder einfach Leute, die sauer waren, weil sie sich in der Zimmernummer oder gar im Amt geirrt hatten. Wenn so einer aufgetaucht wäre, dann "Nacht Matthes!"

Vielleicht hörte er auch die Flöhe husten! Aber die Tür hatte er nicht gehört, da war er sich sicher. War Alfred auf dem Heimweg etwa überfallen worden? Oder vor ein Auto gelaufen? Lag er vielleicht jetzt schon auf irgendeiner Intensivstation, während im Kühlschrank das Mindesthaltbarkeitsdatum für Alfreds Bier bedrohlich näherkam? Vielleicht hatte ja irgendein anderer Hausbewohner die Nase voll gehabt und endlich die Haustürangeln geölt? Dafür kam im Haus eigentlich nur Alfred infrage, aber der war ja nicht da. Er musste jetzt Gewissheit haben: Er öffnete seine Wohnungstür, schlurfte durch den Flur zur Haustür und öffnete sie. Sie quietschte zweimal: einmal beim Öffnen und einmal beim Schließen.

Jetzt musste er erst einmal tief Luft holen. Die Keimsaat hatte sich vermehrt und begann, den Kopf mit schwer bekämpfbaren Antigenen zu vergiften. Er brauchte ärztlichen Rat! Das Praxisschild hing an der Nachbarwohnung: Fr. Dr. Else Alvermann, Sprechstunde jederzeit. Else wusste in jeder Lebenslage das Richtige zu tun; die hatte vier Kinder großgezogen, die auch nicht immer pünktlich nach Hause gekommen waren.

»Alfred? Hmm, den seh ich mal nie. Wenn ich den um die Uhrzeit suchen würde, dann in Pauls Kaschemme beim Bier. Was ist, wenn er tatsächlich irgendwas Wichtiges für seinen Chef machen muss, dass er morgen früh unbedingt auf seinem Schreibtisch haben will? Vielleicht war er nicht brav und muss die Registratur aufräumen oder Briefmarken sortieren. Nachsitzen quasi. Oder er ist noch zum Büdchen Bier holen, weil er heute mal einen ausgeben will. Kannste alles nicht wissen!«

»Ich weiß nicht, irgendwie habe ich den Verdacht, du nimmst mich nicht ernst!«

Aus dem Treppenhaus kam Egon die Treppe runter.

»Ist heute Mieterversammlung, oder gibt's Freibier?«

»Ach, du! Alarmstufe gelb! Alfred ist noch nicht zu Hause!«

»Wie kommst du denn da drauf? Der klebt doch um diese Uhrzeit längst vor der Glotze! Oder warte, ist heute nicht euer Biertag?«

»Ja, hast du Den denn kommen sehn? Oder gehört? Die Tür quietscht doch immer, wenn einer kommt. Und um 16:43 war da nichts, kein Piep!«

Eine Minute betretenen Schweigens. Die Straßenbahn rumpelte vorbei. Es war 17:19 Uhr. Um 17:21 Uhr quietschte die Haustür immer noch nicht, kein Wunder, es kam ja auch keiner.

»Vielleicht quietscht die Tür jetzt nicht mehr, oder du hast sie einfach nicht gehört«, vermutete Egon. »Du bist ja auch nicht mehr der Jüngste«.

Das hätte er jetzt nicht sagen dürfen! Paul war fast beleidigt.

»Ich höre noch, wenn deine Stubenfliege hustet, von wegen Opa mit Hörgerät! Aber selbst wenn das so wäre, warum ist er dann noch nicht runtergekommen? Das ist doch ganz und gar nicht seine Art! Außerdem quietscht die Tür noch, hab ich selbst überprüft.«

»Hätte ich mir ja denken können«, brummte Egon.

»Ein bisschen komisch ist das schon«, sagte Frau Alvermann, »so langsam kriege ich auch kalte Füße! Junge, wenn der wieder aufkreuzt, dann ziehe ich ihm die Ohren lang. Einfach so nicht nach Hause kommen und dann nix sagen, das gehört sich einfach nicht!«

»Habt ihr schon auf dem Amt angerufen und gefragt, ob er vielleicht noch da ist?«

Egon versuchte, konstruktiv zu sein.

»Um die Uhrzeit geht da keiner mehr dran.«

Else grinste zweifelnd.

»Und was machen wir jetzt?«, hakte Paul nach.

»Vielleicht im Keller nachgucken?«, schlug Egon vor. »Vielleicht ist er nach der Arbeit schwimmen gegangen und liegt jetzt auf dem

Grund des Swimmingpools! Else, du bist hier die Jüngste, geh ma kucken.«

»Typisch Egon! Ein echter Kavalier! So einer von der Sorte, der seiner Frau den Arm reicht, wenn sie die Kohlen aus dem Keller holt«.

Aber Else wäre nicht Frau Dr. Alvermann, wenn sie nicht trotzdem selber in den Keller gegangen wäre. Nach zwei Minuten kam sie die Treppe wieder hoch und zuckte mit den Schultern.

»Das Wasser ist so glatt wie ein Kinderpopo, da hat die letzten drei Stunden keiner drin geschwommen.«

Alarmstufe rot! Paul kratzte sich am Kinn.

»Polizei? Ne Vermisstenmeldung?«

»Weil er noch nicht auf ein Bier gekommen ist? Weil die Haustür nicht quietscht? Die Bullen kommen heute vor Lachen nicht in den Schlaf!«

Egon feixte.

»Der taucht schon wieder auf«, meinte er, »Unkraut vergeht nicht!«

»Wen sucht ihr denn?«, kam es vom Fahrstuhl her.

Alfred trat aus der Kabine, an der Hand eine üppige Rothaarige.

»Können wir helfen?«

Drei Münder klappten wieder zu.

»Ja, wo kommst du denn her?« fragte Else. »Wir haben uns Sorgen gemacht, weil du nicht pünktlich zum Bier bei Paul warst.«

»Also, genau genommen kommen Ludmilla«, stellte er seine Begleitung vor, »und ich aus dem Aufzug, aber wieso Sorgen? Ich war doch nie weg!«

»Der Paul hat die Tür nicht quietschen gehört, als du nach Hause kommen solltest, und da hat er gedacht, dir wäre was passiert.«

»Wir haben heute eher Schluss gemacht«, Alfred wurde rot, »und sind dann zu mir. Und als wir nach Hause gekommen sind, hat die

Tür wie immer gequietscht. Du hast bestimmt gerade dein Nicker-chen gemacht. Drum hast du uns nicht gehört.«

Paul fiel der F17 ein.

»Aber jetzt bin ich ja da. Ey, Paul, wie ist das denn jetzt mit einem Stubbi? Und hast du auch eine Fanta für Ludmilla und ein Wässer-chen für Paul?«

»Auf den Schreck brauche ich auch ein Bier«, sagte Frau Alver-mann.

»Uerije eleison«, sagte Egon.

Meine Stadt

von Geertje Wallasch

Meine Stadt – heute – gestern
hatte früher 'was – heute auch.
Stadt in Bewegung …
Gut so!
Gutes bewahren – Neues fördern.
Nicht immer einfach.
Die Balance halten.
Halten – auch die Menschen!
Unterschiedliche Auffassungen.
Wer möchte was?
Keine einfache Aufgabe.
An Aufgaben wachsen.
Immer auf dem Weg … offen für Neues.
Für das Neue. Für den Neuen.
Für den Fremden. Für die Fremden.
In Gemeinschaft.
Gemeinsam unterwegs.
Heimatgefühl.
Überall.
Wandelsinn.

Radio

von Karl Kreifelts

Ehm ... also ich bin die Petra, ne? und ich suche dich, meinen Kavalier mit dem – "Gib Köln keine Chance" – T-Shirt von gestern. Am Belsenplatz ist mir bei strömendem Regen die Fahrkarte in den Matsch gefallen, und du hast sie für mich aufgehoben, abgewischt und mir zurückgegeben. Dabei trafen sich deine himmelblauen mit meinen grünen Augen so intensiv, ey wow! Ich habe die Karte noch mal fallen lassen, und du hast sie wortlos wieder aufgehoben, abgewischt und mir in die Hand gedrückt. Bei der Berührung bekam ich eine Gänsehaut, nicht nur in der linken Hand. Dann musstest du ganz schnell deine Bahn kriegen. Ich wollte dich eigentlich zu Kaffee und Kuchen einladen, oder Wein und Käse, oder ... was immer du magst. Falls du also Bock hast, komm doch bitte in das Sternhaus am Kennedydamm. Die Linie U78 hält fast direkt vor dem Haus. Die oberste Klingel ist meine; ich wohne im fünften Stock. Keine Bange, das Haus besitzt einen Aufzug. Im Keller haben wir Schwimmbad und Sauna. Es wäre also gut, wenn du eine Badehose mitbringst, zumindest fürs Schwimmbad. Und ein paar Birkenruten für die Sauna.

Ach ja, und ein Kännchen Öl für die Haustür!

Radio ... erreicht jeden

Abendsonne

von Michael Schumacher

Wie war dein Tag? Der Frühling ist wohl endlich angekommen. Hat auch Frau Koch heute beim Bäcker gesagt. Hätte der Wettermann im Morgenmagazin erzählt. Die Magnolie an der Kreuzung, im Garten bei dem alten Haus, blüht seit gestern. Ich muss immer an früher denken bei Magnolien. Ein paar Tage Pracht und dann liegen die Blütenblätter alle auf dem Boden. Wie bei deinen Haaren. Was hattest du früher für volles Haar! Weißt du noch, wie wir nach dem Schützenfest auf dem Nachhauseweg in das Gewitter geraten sind? Dein neuer Anzug war hinüber und die Matsche lief uns in die Schuhe. Begossene Pudel waren wir. Meine Dauerwelle war auch platt. Zum Glück stand die alte Hütte von Onkel Theo noch an der Weggabelung. Ich war doch extra noch nach Riesa gefahren, um mir die neuen Schuhe zu kaufen. Ja, die hellbraunen. Mit dem Riemchen und den höheren Absätzen. Was haben wir gefeiert, früher. Da waren alle. Jeder, den man kannte. Heute stehen sie mit einer Bierflasche in der Hand auf der Tanzfläche, mittendrin, und unterhalten sich. Die hätten wir beide umgemäht, bei einer schnellen Polka. Was hast du mich immer herumgewirbelt! Das hätte mal jemand wagen sollen, die anderen beim Tanzen zu behindern.

Es hat sich so viel verändert. Was soll ich uns denn kochen? Ich habe noch Blumenkohl. Aus Frankreich, stand auf dem Schild. Warum holen die den aus Frankreich? Oder die Möhren? Alles muss immer jederzeit verfügbar sein. Erdbeeren an Weihnachten. Und dann schmecken die noch nicht mal. Alles in Plastik verpackt. Kannst du dich noch an die Walderdbeeren erinnern, die wir gefunden haben, als das Gewitter zu Ende war? Diese kleinen. Ich hab den Geschmack noch auf der Zunge. Die Sachen schmecken oft nicht mehr. Nicht so, wie wir es erlebt haben. Und weniger Vitamine als früher seien darin; das stand neulich in der Apothekenzeitung. Aber vielleicht schreiben die das nur, um ihre Pillen zu verkaufen. Ein Paket Taschentücher haben sie mir neulich geschenkt. Und ein Tütchen Brustkaramellen. Das hätten sie mal im Herbst verschenken sollen. Seit fünfundzwanzig Jahren gehe ich dort hin. Ein Paket Tempo und drei Bonbons.

Ich glaube, ich koche den Blumenkohl. Mit einer Mehlschwitze? Was meinst du? Manche bereiten den ja im Backofen zu. Ich muss das nicht verstehen. Zuviel Mehl wäre nicht gesund. Stand auch in der Apothekenzeitung.

Das Roggenbrot vom Dribbisch ... was konnte der backen! Da sind die Leute zehn Kilometer gelaufen, um dieses Brot bei ihm zu kaufen. Dazu noch die Blutwurst von dem einen, der mit seinem klapprigen Wagen immer zum Markt kam. Man erzählt ja, der hätte schwarzgeschlachtet und die Mäuse wären bei ihm durch den Keller gelaufen. Aber die Wurst war lecker. Bei Edeka legen sie jetzt zwischen jede Wurstscheibe ein Blatt Cellophan. Was für ein Blödsinn. Da hab ich übrigens heute diesen Polen getroffen, mit diesem unaussprechlichen Namen. Jedes Mal, wenn wir uns treffen, guckt er mich an und sieht, wie ich überlege. Ich mach das doch nicht absichtlich. Man wird vergesslich. Wenn es nichts Schlimmeres gibt. Er soll ordentlich putzen, hab ich ihm ja mal gesagt, kurz nachdem er eingezogen war. Das wird man doch noch sagen dürfen. Die Leute nehmen immer weniger Rücksicht. Vorgestern, ich hatte dir das erzählt, hat mich dieser Student von oben beinahe umgerannt, als ich in die Straßenbahn stieg. Hat dann nur kurz »Sorry« gebrummelt. Als ob er mich nicht erkannt hätte. Kann der das nicht auf Deutsch sagen? Sorry. Das hätten wir mal machen sollen.

Komm doch mit in die Küche. Kartoffeln dazu? Oder Reis? Nudeln passen ja nicht so recht zu Blumenkohl. Wo war ich ... der Student. Ich weiß auch nicht, was der so treibt. Mal geht er mittags aus dem Haus, mal erst am Nachmittag, aber so gut wie nie frühmorgens. Eine Freundin scheint der auch nicht zu haben. Der Pole auch nicht. Traurig sieht der aus, grau, wenn du mich fragst. Ja, grau. Hängende Schultern, keine Spannung im Körper. Wotz oder so.

So hätten wir mal bei Lewald … der Sportlehrer, du erinnerst dich doch sicher, ja, genau der, der Robert am Reck immer so getriezt hat, weil er den Felgumschwung nicht schaffte. Was aus dem wohl geworden ist? Aus Robert, meine ich. Keine wollte mit ihm tanzen. Vielleicht waren es auch die Drüsen. Ach, guck mal: zwei Raupen. Was mach ich jetzt mit denen? Französische Raupen…die kann ich doch nicht…ob die das überleben, wenn ich die von hier oben auf die Hecke werfe? Oder doch in den Mülleimer? Jetzt sind sie so weit gereist, haben das überlebt und ich soll jetzt entscheiden. Wir sind auch weit gereist, damals. Ganz von vorne angefangen haben wir. Na ja, man nimmt sich ja immer mit. Deshalb nicht ganz von vorne.

Dieser Kartoffelschäler ist Mist, schau dir das mal an. Da kann ich auch gleich mit dem Messer und in der Hand schneiden. Tante Lore und ihr Kartoffelsalat, das war ein Gedicht. Die große, weiße Schüssel, in der sie ihn immer zubereitet hat. Selbstgemachte Mayonnaise, Eigelb, Senf, Öl, langsam verrühren mit dem Schneebesen. Das macht ja heutzutage kaum noch jemand, alles muss schnell gehen. Dann die märkischen Kartoffeln, die Spreewaldgurken. Die hatte ein Tempo drauf! Und alles ohne ein Schneidbrettchen. Hornhaut hatte die am Daumen. Was haben wir gefeiert. Und all die Kinder! Renate könnte sich auch mal wieder melden.

Die Frau von gegenüber, die Alleinerziehende, das ist auch nicht einfach. Ich weiß nicht, warum der Mann weg ist. Oder ob sie gegangen ist mit dem Kind. Ganz nett ist die. Aber sie spricht nicht viel. Mit dem Polen habe ich sie neulich noch gesehen, unten an den Briefkästen. Ob die was miteinander haben? Wo ist denn der Deckel? Ach, dort. Hiergeblieben, ihr Raupen. Dann haben die den Kohl wohl nicht gespritzt. Oder die Raupen haben sich nach der Ernte hineingeschlichen. Hast du auch schon bemerkt, dass es viel weniger Mücken und Fliegen gibt? Hier in der Stadt ja sowieso. Was wurden wir früher zerstochen an unserem Badeteich! Auf dem Markt sagte der Gemüsehändler zu Frau Lohmann, dass er früher regelmäßig die Fliegen von der Frontscheibe entfernen musste und heute klebe da kaum noch eine.

Ich sehe die Mücken noch vor uns tanzen, an dem kleinen Strand am See. Abends, nach Sonnenuntergang, haben sie uns dann zerstochen. Das war schön, wenn wir ein letztes Mal vor dem Heimweg ins Wasser gesprungen sind. Du hast wie ein Wal geprustet, und das Licht flimmerte auf den Wellen, die wir geschlagen haben. Manchmal war ja außer uns niemand dort. Das Wäldchen, die Fliederbüsche - wie lange habe ich keinen Flieder mehr gerochen. Pflaumenbäume gab es dort auch. Stimmt, du hast recht, das war bei Kellers rechts neben der Pferdewiese. Dann waren das Mirabellen. Hat der Keller, der alte Keller, der mit der Kriegsverletzung, hat der nicht auch Schnaps aus den Mirabellen gebrannt, bis ihn jemand verpfiffen hat? Tante Lore bekam doch jedes Jahr mindestens eine Flasche davon, und wenn sie den Kellers einen Pott Salat machte, auch.

Was mach ich nun mit den beiden? Darf man das überhaupt, ausländische Tiere so einfach … da gibt es doch Geschichten von diesen Schildkröten, die von Leuten ausgesetzt wurden. Ich fühle mich auch immer noch ausgesetzt. Das hört nie auf, glaube ich. Schon wieder quietscht diese Haustür. Wofür bezahlen wir eigentlich den Hausmeister?
Vorletzte Nacht bin ich davon wach geworden. Du hast mich alleine gelassen. Ich kann das immer noch nicht begreifen. Warte auf mich, ich bringe die Raupen eben in den Garten.

Vielleicht kein schlechtes Geschäftsmodell

Von Karlheinz Wende

Möglicherweise ...

wahrscheinlich ...

sehr wahrscheinlich ...

eigentlich ziemlich sicher ...

um nicht zu sagen, ganz bestimmt hätte ich aber auch unterschrieben, wenn mir das eher aufgefallen wäre.

Wenn man Linkshänder ist, sind zwei linke Hände gar nicht so schlecht! Dummerweise bin ich Rechtshänder!

Darum mache ich meine Bekannten und Freunde mit handwerklichen Qualitäten und Fähigkeiten wieder mobil. Alle sind mir zu Willen, vereinzelt allerdings mit der Bemerkung, dass zwei Jahre jetzt hoffentlich nicht der Normalrhythmus im Renovieren und Modernisieren meiner Wohnungen werden sollte.

Im Nachhinein bin ich sehr froh, dass ich mich bei der Einweihungsparty vor zwei Jahren nicht habe lumpen lassen. Solche Erinnerungen machen es den angesprochenen Leuten schwer, mit dem Ausdruck tiefsten Bedauerns, Sorgenfalten auf der Stirn und belegter Stimme zu versichern, dass sie gerade in dieser Zeit wahnsinnig Überstunden schieben müssten, weil die Firma ...

... oder mit leicht depressivem Augenaufschlag, schiefgelegtem Kopf und zu Boden gesenktem Blick detailreich darüber stöhnen, wie schwierig und aufwändig es ist, einen adäquaten Pflegeplatz für die Großtante der Frau zu finden, weil die so ...

Mein Domizil erstrahlt in neuem Glanz!

Gerade sind wir mit dem Streichen, Verlegen von Teppichboden, neuen Fliesen und Austauschen von Schaltern und Steckdosen fertig geworden. Meine Helfer sind mit dem dezenten Hinweis auf eine sicherlich wieder tolle Einweihungsfeier gegangen.

Dank einer alten Freundin sind sogar die Fenster wieder durchsichtig geworden. Selbst die Abdeckfolien am Boden haben wir schon entfernt. Es fehlen nur noch die Möbel.

Lediglich ich in meinen schmutzigen, verstaubten Arbeitsklamotten passe nicht so recht in diesen Rahmen von Sauberkeit, Frische und strahlendem Weiß.

Erleichtert und voller Stolz gehe ich durch die Räume. Meine Hündin läuft etwas ratlos hinter mir her. In der Badewanne entdecke ich zwei große Mülltüten mit leeren Plastikflaschen. Die könnte ich jetzt eigentlich noch schnell wegbringen. Aldi ist keine 500 Meter entfernt.

Es wird schon dunkel. Unterwegs werde ich von Passanten intensiv gemustert. Vermutlich nicht wegen der beiden großen Tüten oder meines Hundes. Mein Aussehen fällt in dieser Wohngegend wohl doch ein wenig aus dem Rahmen. Ich trage eine Strickjacke und eine Weste, die ich noch nicht einmal mehr auf dem Hundeplatz benutze. Wer meine Gewandungsgepflogenheiten kennt, weiß, was das bedeutet. Meine Jeans sind ausgefranst, allerdings nicht, wie heute üblich, aus modischen Gründen. Die Grundfarbe meiner Schuhe ist nur zu ahnen und es gibt Leute, die bezeugen können, dass sie zu irgendwelchen Zeiten auch über Absätze verfügt haben müssen. Mein Haupthaar ist schon fast zur wallenden Mähne geworden und quillt üppig unter meiner Baseballkappe hervor. Eigentlich trage ich mein Haar schon aus purer Bequemlichkeit immer recht kurz, aber in den letzten Wochen habe ich wegen des Arbeitsprogramms keinen passenden Friseurtermin bekommen. Meine gesamte Kleidung ist wegen der vorhergegangenen Arbeiten von einer nicht zu übersehenden Mörtelstaubschicht bedeckt.

Zehn Minuten später stehe ich fröstelnd bei leichtem Nieselregen am Eingang des Aldimarktes. Die Temperatur liegt knapp über dem Gefrierpunkt und ich versuche, mit klammen Fingern meine Malinoishündin Kasside am Fahrradständer anzubinden. Auch meiner gertenschlanken Hundesportrakete scheint es ungemütlich und kalt zu sein, denn schließlich hat sie kein Gramm zu viel auf den Rippen, die sich unter ihrem rehbraunen Fell abzeichnen. Meine zwei prall gefüllten großen Plastiktüten voller Pfandflaschen habe ich derweil auf den Boden gelegt. Einige Flaschen kollern heraus und ich versuche, sie mit dem Fuß zurückzuschieben. Gleichzeitig winde ich die Hundeleine um die Radhalterung und lasse den Karabinerhaken wieder zuschnappen.

Aus dem Augenwinkel sehe ich, wie ein älteres Paar näherkommt. Sie sind beide wohlbeleibt und dick in Wintermäntel, Strickmützen und Schals eingemummelt.

Kasside hat sich mittlerweile in der windgeschützten Hausecke hingelegt und eingerollt. Alle Plastikflaschen sind wieder in den Tüten verstaut, und gerade will ich zum Pfandautomaten ins Foyer gehen, da höre ich undeutlich die Stimme der Frau: »Jürgen, gib dem armen Kerl mal einen Euro! Guck mal wie der aussieht. Und das schöne kleine Hündchen ist so mager!«

Ehe ich diese Aussage auf mich beziehen kann, spüre ich, wie eine warme Hand mir ein Geldstück in meine klammen Finger drückt und das freundlich lächelnde Paar an mir vorbei in den Aldimarkt geht. Ich bin einfach sprachlos!

Ich blicke den beiden hinterher. Dann schaue ich in meine Hand. Ein Zwei-Euro-Stück befindet sich darin.

Als ich nach dem Verkauf der Pfandflaschen wohlgemut mit Kasside meinem neuen Heim entgegen ziehe, bin ich um eine wesentliche Erkenntnis reicher. Wenn es mit meiner Pension irgendwann für meinen ausschweifenden Lebenswandel mit Hundesport und 14 Tagen Urlaub in Bayern pro Jahr mal eng werden sollte, halte ich mich in Arbeitskleidung und mit Kasside einfach etwas öfter am Eingang des Aldimarktes auf.

Türen II

von Frank Hönl

Die Gruppe erreichte den Schatten des halb verfallenen Gebäudes. Er bot Schutz vor der tödlichen Strahlung, die von der roten Scheibe am Himmel durch die milchige Wolkendecke drang. Auf dem unwegsamen Gelände und in ihren schweren Schutzanzügen waren sie nur mühsam vorangekommen. Seltsame Metallkästen, die auf Rädern montiert und mit Moos bewachsen waren, hatten ihnen den Weg versperrt. Die Atmosphärenfilter ihrer Anzüge liefen auf Hochtouren und das Atmen fiel ihnen schwer. Sie waren die Ersten, die diesen Ort seit endloser Zeit betraten.

»Onyx, was glaubst du ist das hier?«

Der Vorderste der Gruppe, seine drei Schulterstreifen wiesen ihn als Commander aus, deutete auf das verfallene Bauwerk, an dessen Fuß sie standen. Es mochte einmal doppelt so hoch gewesen sein.

»Weiß nicht«, kam die Antwort über ihre interne Sprechverbindung, »Vielleicht …«

Der Angesprochene blickte an der Fassade nach oben. Die Zeit hatte ihre Spuren hinterlassen.

»Nicht raten, Onyxi. Scheiße, warum haben wir gerade dich als historischen Experten dabei«, meldete sich eine weibliche Stimme.

Onyx wandte sich in Richtung seiner Kameradin. Er hasste Verniedlichungen seines Namens.

»Weil eine Tussi wie du nicht mal den Planeten gefunden hätte.«

»Sagt so 'n Vollversager wie du«, entgegnete sie und zeigte ihm den Mittelfinger.

Onyx' Augen verengten sich zu Schlitzen.

»Wie wär 's nachher mit 'ner Runde in der Arena? Mal sehen wie hart du dann noch drauf bist, Re-bec-ca.«

Sie trat einen Schritt nach vorne.

»Schnauze!«, brüllte der Commander. »Der Nächste, der hier den Lauten macht, darf seinen Helm abnehmen.«

Sie schwiegen. Ablenkungen dieser Art gefährdeten den Trupp unnötig.

»Weiter!«

Sie traten näher an das Bauwerk heran. Ein paar achtsame Schritte über brüchige Stufen und sie standen vor einer Art Eingang. Rooke hob die Hand und bedeutete der Gruppe stehen zu bleiben. Er schaute sich aufmerksam um. Auf dem untersten Level waren weite Bereiche verbarrikadiert. Direkt vor ihnen befand sich eine in Metall eingefasste Glasfläche. Schmutz und Schmierereien verhinderten einen Blick auf die andere Seite.

»Cams und Scheinwerfer ein«, befahl er.

Alle betätigten Schalter auf den Unterarmpads ihrer Anzüge. Ihre Helmlampen warfen gespenstisch tanzende Kreise auf das Gemäuer, das alles zu verschlingen schien.

»Du willst da rein?«, fragte Onyx.

Rooke drehte sich um.

»Was glaubst du wozu wir hier sind?«

Onyx blickte seinen Commander skeptisch an. Solche Vorhaben waren riskant und nicht Teil der Mission.

»Ich hab da so ein Gefühl«, flüsterte Rooke und strich mit der Hand gedankenversunken über das Glas.

»Da macht sich einer in die Hosen. Kleines, süßes Onyxi.«

Rooke fuhr herum und bedachte die großgewachsene Rebecca mit einem zurechtweisenden Blick. Er hielt Onyx, der auf sie losstürmen wollte, am Arm zurück.

»Keine Zeit für Spielereien. Das gilt für euch alle. Rein, dokumentieren und wieder raus. Ich esse zeitig. – Gibbs!«

»Commander?«

Der Einzige in der Gruppe ohne Rangabzeichen schob sich an Onyx vorbei.

»Das da«, Rooke deutete auf die tabellarisch angeordneten Schriftzeichen seitlich der Tür, »was bedeuten die?«

Gibbs, der Archäologe, beugte sich vor.

»Sieht nach alter Lautschrift aus. Könnten Namen sein, Commander.«

»Namen?«

»Zur Identifikation der Bewohner«, zischte Onyx und ließ dabei Rebecca nicht aus den Augen.

Rookes Stirn legte sich in Falten.

»Thunder!«

Der letzte der Gruppe, ein großgewachsener Kerl meldete sich.

»Sir.«

In seiner Hand hielt er einen schweren Strahler, dessen Energiezelle er auf dem Rücken trug.

Rooke deutete in Richtung Glastür.

»Heißmachen und rein.«

Thunder nickte. Er drehte an der Lünette seiner Waffe. Ein helles Summen war zu vernehmen.

Er schob Gibbs, der einen Kopf kleiner war, mühelos beiseite und zog den Glasrahmen zu sich. Ein Quietschen dröhnte in ihren Helmlautsprechern.

»Jetzt weiß ich Energietüren zu schätzen«, flüsterte Onyx lächelnd.

»Erst schießen, dann fragen«, raunte Rooke Thunder zu.

Der sah seinem Commander direkt in die Augen.

»Es lohnt sich nicht hier draufzugehen. Wer weiß, was uns da drin erwartet.«

Thunder nickte. Nacheinander betraten sie den Innenraum. Der Weg nach oben war durch eingestürztes Mauerwerk versperrt. Ihrer Helmlampen tasteten in alle Richtungen. Die nach unten führenden

Stufen waren frei. Feine Staubpartikel schwebten durch die Lichtkegel. An der Wand waren rechteckige Kästen mit länglichen Schlitzen befestigt.

Thunder bewegte sich nach unten, die Gruppe folgte. Am Ende der Stufen schloss sich eine Fläche an, die genug Platz für alle bot. Zwei Durchgänge, einer nach vorne und einer zu ihrer rechten Seite, zweigten hier ab. Rooke entschied sich für den Vorderen. Sie gingen weiter und gelangten in den dahinterliegenden Raum. Er war größer als der zuvor.

Sie blieben stehen. Fünf Meter vor ihnen waren Container oder Kisten gestapelt. Von der Decke platschten Wassertropfen auf den schmierigen Boden.

»Rebecca?«

»Ja.«

»Geh hier rein und peil die Lage.«

Rooke deutete mit dem Kopf auf den Durchgang neben ihm. Eine kleine Expedition konnte der streitlustigen Biologin nicht schaden.

Rebecca zögerte, nickte schließlich knapp, hielt ihren Scanner vor sich und verschwand wortlos in der Dunkelheit. Ihre Schritte entfernten sich und hallten von den kahlen Wänden zurück.

»Vielleicht hätte ich ...«

»R – U – H – E!«, zischte Rooke. »Die macht das schon.«

Thunder schwieg. Sie horchten in die Dunkelheit. Nur die Geräusche ihres eigenen Atems in den Helmlautsprechern. Rebecca war nicht mehr zu hören.

Lange geschah nichts. Gerade als Rooke seinem ersten Offizier befehlen wollte der Biologin zu folgen, kamen ihre Schritte wieder näher. Irgendwo in der Dunkelheit wurde eine Tür geöffnet. Augenblicke später stand die Biologin wieder vor ihnen. Ihr Gesicht war blass.

»Und?«, drängte Rooke.

»Weitere Räume. Zwanzig Meter von hier ist eine große rechteckige Vertiefung im Boden. Zwei Meter tief. Voll mit Gerümpel, sieht aus wie …«

Alle Augen waren auf sie gerichtet.

»Wie was?«, fauchte Onyx.

»… ich weiß nicht.«

Dann streckte sie den Arm nach vorne.

»Das lag da drüben auf dem Boden.«

In ihrer Hand hielt sie einen roten Gegenstand. Teile davon sahen wie Blüten aus.

»Was ist das?«, fragte Onyx.

Rooke nahm ihn ihr aus der Hand. Er war elastisch und fühlte sich seltsam an.

Sie fuhren herum. Von der anderen Seite war ein dumpfes Geräusch zu hören.

»Hört sich wie Husten an«, flüsterte Onyx.

»Hier?«, entgegnete Rooke. »Wir sehen uns das an. Thunder!«

Der großgewachsene Soldat nickte. Nacheinander bewegten sie sich auf den schräg gegenüberliegenden Durchgang zu.

Wieder das Geräusch. Für einen kurzen Moment verharrten alle in ihren Bewegungen.

»Weiter«, befahl Rooke.

Als Thunder den Durchgang erreichte, riss er den Strahler nach oben.

»Halt!«, brüllte er.

Die anderen zuckten zusammen. Thunders Augen waren weit aufgerissen und fixierten einen Punkt im Nirgendwo. Rooke und Onyx drängten sich neben ihn.

Am anderen Ende des Raumes stand ein seltsam gekleideter Mann. Er trug Hosen aus dunkelblauem Stoff, darüber ein Shirt mit einem merkwürdigen Emblem. Er hielt eine Hand schützend vor den Mund, mit der anderen stützte er sich an einem Türrahmen ab.

»Wer sind Sie, und was machen Sie hier?«, fragte Rooke.

Der Mann antwortete nicht. Die Umgebung setzte ihm zu. Schwerfällig machte er einen Schritt in ihre Richtung. Thunder brachte den Strahler betont in Anschlag. Der Mann fror in seiner Bewegung ein. Er nahm die Hand vom Mund und redete in einer für sie unverständlichen Sprache. Dann sackte er in sich zusammen.

Rooke gab Rebecca ein Zeichen ihm zu helfen. Die Biologin ging auf den Mann zu und kniete sich neben ihn.

»Der ist ziemlich fertig«, bemerkte Onyx.

Rebecca nahm den medizinischen Scanner aus ihrer Tasche und begann ihre Untersuchung.

»Blutdruck stark erhöht. Beeinträchtigung der Atemwege durch die toxische Luft. Wir brauchen ein Atemgerät.«

Sie kramte in ihrer Tasche, zog ein zylinderförmige Rolle mit Mundstück heraus und hielt sie dem Mann hin. Der stieß ihre Hand zurück.

»Wenn Sie das nicht benutzen, werden Sie sterben.«

Der Mann schüttelte den Kopf und gab wieder etwas von sich. Es hörte sich seltsam vertraut an. Thunder ließ den Energiestrahler sinken.

»Onyx, versuche es mit dem Translator?«, sagte Rooke.

Der erste Offizier tippte auf sein Armpad und machte eine auffordernde Kopfbewegung in Richtung des Fremden. Der Mann stammelte weiter und deutete in den Raum hinein, aus dem er gekommen war. Ihre Blicke folgten seinem Zeigefinger.

»Mein Gott«, entfuhr es Rebecca.

Dort drüben stand eine weitere Gestalt. Im kalten Weiß einer Deckenlampe war ein Mädchen zu erkennen. Sie war in einen weißen

Mantel gehüllt und trug den roten Gegenstand auf dem Kopf. Rebecca erkannte ihn sofort.

Die Stille wurde durch ein Piepsen zerrissen. Der Translator meldete sich. Die Übersetzung stand zur Verfügung. Onyx schaltete sie auf die Helmlautsprecher der Gruppe.

»Ich muss wieder zurück.«

Aussichten

von Tilmann Schipper

Navarone und Galtür waren nichts dagegen. Er war sich sicher, das war sein Leben. Die Glocken schlugen hämmernd zu. Oh Gott, die Glocken wurden vom Niedergang der Lawine getroffen. Krumm, schief, scheppernd. Hilft nur einschmelzen? Immer kürzer wurden ihre Schläge, wie auf einer endlosen Perlenschur reihten sich die Töne wild kreischend aneinander.

»Öffne die Augen.«, immer wieder sagte er es sich, und die Glockenschläge wurden lauter und lauter. Angst, flutende Angst, letzter Mut, er riss die Augen auf und sah ... den Teddy.

Er spürte seinen Angstschweiß über den ganzen Körper verteilt. Ihm fröstelte. Nur zu einem Schlitz öffnete er seine Augen. Sonnenstrahlen streiften den Rand der Matratze, die Glocken wandelten sich zur Türklingel, er war benommen, er war wach.

»Verdammt, ich komme schon.«

Mit dem rechten Bein schob er den Rest des Schlafsacks, der ihm als Decke diente, zur Seite und setzte sich auf. Teddy erhielt einen kurzen Boxer, fiel nach hinten und streckte seine Beine in die Höhe.

Ein greller Sonnenstrahl traf die große altmodische Bahnhofsuhr über dem Schreibtisch, ihre angerosteten Zeiger zeigten 10. Das Scheppern der Klingel startete von neuem und ebenso die Reaktion seines Kopfes darauf.

»Ich komme«, rief er lauter, wusste aber nicht, ob er durch die geschlossene Tür überhaupt hörbar war.

Es war ihm egal. Mit seiner rechten Hand stemmte er sich von der Matratze ab, sank dabei ein, schwenkte auf's rechte Knie, nahm die linken Gliedmaßen zur Hilfe und drückte sich erneut hoch. Er schaffte es, stand und wackelte zugleich. Langsam drehte er sich, schlurfte durch den kurzen Flur zur Wohnungstüre. Den Spion ignorierte er, öffnete die Türe, drehte sich um und schlurfte zurück zur Matratze.

»So eine Frechheit. Wo sind Sie denn? Mich einfach hier stehen zu lassen. Kein Benehmen, nur frech und laut.«

Da stimmte wieder etwas nicht. Schlagartig wurde ihm klar, dass die Stimme nicht zu seinem Kumpel der letzten Nacht gehörte. Sie war ihm eindeutig unbekannt. Jetzt war er hellwach und drehte sich auf der Achse. Fast verlor er das Gleichgewicht. In der Tür zum Zimmer stand ein ihm fremder Mann.

»Wer, wer sind Sie denn?«

Sein Gesicht ein Fragezeichen.

»Wie laufen Sie denn hier herum?«, bellte sein Gegenüber los. »Vielleicht ziehen Sie sich mal erst etwas über, wenn Sie schon einem Fremden die Türe öffnen.«

Erst jetzt wurde ihm klar, dass er nackt, mit ausgebauter Morgenlatte und nur drei Metern Abstand vor einem Fremden stand.

»Scheiße, was wollen Sie?«

Er wurde sauer, schaute sich um, suchte seinen Slip, fand in der Eile nur die kurze Nike, stieg ein, der Kopf dröhnte und im Türrahmen stand Einer und schaute zu. Mann, da kam mitten in der Nacht einer in seine Wohnung geplatzt und stellt blöde Fragen.

»Ich habe Sie nicht aufgefordert hereinzukommen.«

»Sie öffneten mir die Tür und gaben mir damit die Erlaubnis zum Betreten der Wohnung«, blaffte der Besucher zurück.

»Was wollen Sie?«, wiederholte er seine erste Frage.

Immer mehr Wut stieg in ihm auf und der Tornado in seinem Schädel nahm an Fahrt zu.

»Was denken Sie wohl. Es reicht langsam«, polterte der ungebetene Besucher erneut los.

»Sie sind erst um vier Uhr in dieser Nacht nach Hause gekommen und das nicht das erste Mal und wie immer haben Sie dabei jede

Menge Lärm gemacht. Angefangen von ihrem x-mal heruntergefalle-
nen Schlüsseln, bis zum Elefantentrampeln auf der Treppe. Und außerdem hat die Haustüre dabei extrem gequietscht. Ein solches aso-
ziales Verhalten stört die Nachtruhe im ganzen Haus und besonders
meine.«

»Asozial gibt es nicht.«

Er spürte: Wut entwich.

»Was sagen Sie da? Wohl noch frech werden!«

»Das heißt wenn schon, dann unsozial.«

Es klang, als sagte er es nur sich selbst, den fremden Nachbarn
dabei nicht beachtend.

»Das ist doch wirklich die Unverschämtheit.«, polterte der Ange-
griffene von der Reaktion des Jungen überraschte weiter.

Dieser starrte das Gegenüber an. Der ist knapp einen Kopf kleiner
als ich, stellte er abschätzend fest, trägt einen dunkelbraunen Cord-
anzug, weißes Hemd, igitt, einen wild gemusterten Schal und Schuhe,
die so extrem wie die Gläser seiner offenbar nicht entspiegelten Brille
glänzen. Was wollte der?

»O.k. Mann, und?«, ließ er müde raus, versuchte dabei überzeu-
gend streng, zu klingen.

Das ging zu weit, um diese Zeit.

»Ich wiederhole, es war nicht das erste Mal. Wir sind ein anständi-
ges Haus, da muss keiner mit Lärm und Krach mitten in der Nacht
durch das Haus toben.«

Die Stirnfalten des Mannes tanzten bei jedem Wort. Nie zuvor
hatte er ein Gesicht mit gleichzeitig waage-, senkrecht und diagonal
tanzenden Falten gesehen.

»Warum grinsen Sie jetzt auch noch?«, presste der Mann über seine
blutleeren Lippen in den Raum.

Scheiße, der merkt, dass ich ihn nicht ernst nehme.

»Hören Sie«, kam seine Antwort, »ich bedaure, dass ich für Ihre Bedürfnisse heute Nacht zu laut war.«

Klang er zerknirscht genug?

»Und ich versichere Ihnen, dass ich mich künftig bemühen werde, leise durchs Haus zu gehen. Sie können ja wegen der Haustüre die Verwaltung anrufen. Wenn Sie jetzt bitte gehen würden, ich möchte gerne schlafen gehen. Sie können sich sicher denken, dass ich müde bin.«

Er trat einen Schritt auf den Mann zu, der wich zwei Schritte zurück, dreht sich dann und lief die kurze Strecke zur Wohnungstüre mit zunehmender Geschwindigkeit. Auf der Fußmatte blieb sein ungebetener Gast überraschend stehen, drehte sich erneut ihm zu.

»Ich hoffe, Sie halten sich an Ihre eigenen Zusagen, sonst rufe ich die Verwaltung ihretwegen mit Sicherheit an.«

Es reicht ihm, er warf die Türe ins Schloss, etwas zu laut, der Schlag doppelte sich in seinem Schädel. Durch die geschlossene Türe hörte er ein lautes »Unverschämt, wir sprechen uns noch«. War ihm scheißegal, er schloss die Tür zum Bad und hoffte darauf, dass die Geräusche seiner Erleichterung durch die Rohre zu dem Typ donnerten.

Seinen Besuch hatte er nicht angekündigt. Als er erneut an der Wohnungstüre klingelte, hörte er dahinter eine Türe zuschlagen. »Aha, der Junge ist doch Zuhause«, dachte er.

Die Türe öffnete sich explosiv schnell. Vor ihm stand, mit einem um den Hals geworfenen Handtuch, aber ansonsten nackt, wobei der kleine Freund bescheiden zwischen den Lenden wippte, sein Enkel.

»Mann, ich seh nicht richtig«, hörte er Leonhard überrascht ausrufen, »Opa!«

»Hallo Leonhard, bist du gerade aufgestanden oder willst du ins Bett? Morgen Junge. Vielleicht ziehst du dir mal was über, wenn du die Tür öffnest.«

»Scheiße Opa, ich war so überrascht.«

Die Worte hörte Opa Purschke, während Leonhard seinen kleinen Freund zu bedecken suchte, sich umdrehte und die wenigen Schritte durch den kurzen Flur in das Zimmer lief. Opa Purschke schloss sanft die Wohnungstüre und folgte ihm in das Apartment.

»Komm doch rein Opa«, rief er.

»Diese Nacht war zum Schlafen wohl einfach zu kurz?«, hörte er seinen Opa von hinten.

Schmunzelnd sah Opa Purschke, wie Leonhard seine lange Sporthose vom Drehstuhl fischte und sie schnell überzog.

»Tag Leonhard, also, was ist los? Bist du denn gerade aufgestanden oder willst du jetzt ins Bett gehen?«, lächelte er ihm fragend zu.

»Aber Opa, ich doch nicht.«

Kleinlaut fügte er hinzu: »Bin gerade aufgestanden, war eine lange Nacht.«

»Hast du für dein Studium gearbeitet?«

»Nee, wir hatten einen Gig.«

»Einen Was?«

»Einen Gig, einen Auftritt, wie du es wohl nennen würdest.«

»Aha, früher war das ein Ruderboot oder ein einspänniger Gabelwagen für Pferde. Studiert man heute so?«

»Das weiß ich nicht Opa, aber so verdient man heute auch sein Geld fürs Studium.«

Opa Purschke zuckte die Achseln. Das sollte mal einer verstehen. Er sah sich im Raum um.

»Kann ich mich setzen?«

»Klar.«

Leonhard räumte ihm den Drehstuhl am Schreibtisch frei. Eine weitere Hose, Socken und ein knallroter Hoody landen auf der Matratze, ein schwarzes T-Shirt zog er über.

»Schläfst du etwa auf der Matratze auf dem Boden?«

»Klar. Ist gewissermaßen mein Futton.«

Die Augenbrauen von Opa Purschke stiegen hoch, wobei sie sich fast zu einer breiten weißen Linie verdichteten.

»Und warum hast du kein Bett?«

»Hab noch keine Zeit gehabt, mir eins zu holen.«

»Studierst du nicht schon zwei Jahre hier?«

»Keine Zeit Opa, keine Zeit. Willste nen Kaffee? Ich brauche einen?«

Opa Purschke nickte. Leonhard schaltete die Kaffeemaschine auf der kleinen Küchenzeile ein. Zwei Becher holte er aus dem Hängeschrank darüber.

»Sicher ist er froh, dass er jetzt nicht erst spülen muss«, lächelte Opa Purschke in sich hinein.

Er sah seinem Enkel zu, wie er ein Pad in die Maschine legte und die Brühfunktion auslöste. Das glucksende, knarzende Geräusch durchlief den Raum. Die Entkrampfung der Gesichtszüge des Enkels bestätigte Opa Purschke, dass die Wirkung des Kaffees bereits vor dem Genuss einsetzte. Der Blick des Jungen wurde klarer, das Gesicht gewann an Farbe.

»Was treibt dich denn hierher?«

»Oh, ich habe später etwas in der Stadt zu erledigen. Da dachte ich, nutze die Zeit bis dahin und schau mal bei meinem Enkel vorbei. Vielleicht ist er ja zu Hause und macht uns einen Kaffee.«

»Und wenn nicht?«

»Aber du machst uns doch einen Kaffee oder muss ich mir noch eine Tasse spülen?«

Opa Purschke sah, dass der Junge sich ertappt fühlte. Er beschloss ihn nicht weiter in Verlegenheit zu bringen.

»Ich meine, wenn ich nicht dagewesen wäre«, ignoriert er Opa Purschkes Einwand zu den vielen leeren Bechern und Tassen neben der Spüle.

»Dann wäre ich weiter zum Nordpark gefahren. Der ist ja ganz hübsch.«

Die Antwort schien dem Jungen nicht zu gefallen. Opa Purschke sah, dass er die Augen zusammenkniff.

»Mutti hat dich nicht etwa dazu aufgefordert, bei ihrem Sohnemann vorbei zu schauen?«

»Nein, sie weiß nicht, dass ich hier bin. Sie kommt doch sicher selbst vorbei.«

»Ja, leider.«

Opa Purschkes Gesicht wirkte in diesem Moment wie ein Fragezeichen.

»Versteh mich nicht falsch. Nur wenn Sie kommt, glaubt sie immer irgendwas aufräumen zu müssen, und hinterher finde ich nichts wieder.«

»Vielleicht solltest du regelmäßiger aufräumen. Aber tröste dich, dass passiert in meiner Wohnung auch bei ihren Besuchen.«

»Opa, du räumst doch sowieso auf. Mir fehlt die Zeit dazu.«

»Mach jeden Tag ein bisschen.«

Opa Purschke sah sich um. In dem Raum war alles versammelt. Die Matratze, ihr diagonal gegenüber der Schreibtisch, an welchem Opa Purschke jetzt saß, links davon ein kleines Wandbord, rechts ein Kaufhauskleiderständer, mit einigen darüber geworfen Kleidungsstücken. Ein zweiter, kleiner Tisch mit weißer Resopalplatte stand, flankiert von zwei unterschiedlichen Stühlen, neben dem Zugang zum Balkon.

»Hast du euren Partykeller ausgeräumt?«, fragte er Leonhard und wies auf die Gruppe.

»Ja, Papa hat´s mir mitgebracht. Ganz nützlich, beim Essen und so.«

»Ist eine kleine, nette Wohnung. Ist so was hier in der Stadt eigentlich teuer?«

»Keine Ahnung, Papa zahlt.«

»Großzügig.«

»Na ja, aber alles andere bezahle ich. Dafür mache ich eben meine Arbeit.«

»Diese Gags?«

»Gigs, Opa, Gigs, nicht Gags. Genau. Unterhalter auf Partys, in Lokalen und sonst wo.«

»Bringt das denn was?«

»Klar, ist hart, wegen der langen Nächte. Mache ich aber auch nur selten in der Woche, meist am Wochenende. Bringt aber genug.«

»Und wie läuft das Studium?«

»Läuft alles nach Plan. Bin im vierten Semester und habe bisher keine Probleme.«

Opa Purschke spürte wieder diesen scharfen Blick von vorhin auf sich gerichtet.

»Wieso fragst du? Will Mutti was wissen?«

»Ach Junge, deine Mutter ist nicht der Nabel der Welt, wenn sie sich auch dafür hält.«

»He, das reimt sich ja fast.«

Opa Purschke nahm den halbvollen Kaffeebecher vom Jungen entgegen.

»Milch habe ich keine da, Zucker kannst du haben.«

Er schüttelte den Kopf und führte den Becher an seine Lippen. Der Kaffee war heiß, er stellte ihn auf der Schreibtischplatte ab. Dann erhob er sich und trat zur Balkontür hinüber.

»Kann man die mal öffnen? Du brauchst hier wirklich Frischluft.«

»Klar.«

Opa Purschke fasste den Griff, dreht ihn und öffnete die Türe. Sofort drangt der Lärm der vierspurigen Straße von unten herein, doch war die Luft nicht so benzinschwer, wie er es mitten in der Stadt befürchtete.

»Das geht ja noch.«

»Was geht?« Leonhard trat an ihn heran«

»Der Lärm und Gestank an so einer großen Kreuzung.«

»Tagsüber und nachts kein Problem. Nur morgens und abends, wenn alle unterwegs sind, dann lass ich die Türe geschlossen.«

Opa Purschke überschritt die Schwelle zum Balkon. Offensichtlich stellte er fest, ist sein Enkel wirklich nicht oft zu Hause. Der Balkon schien keiner Nutzung zu dienen. Einige kreisrunde Abdrücke auf dem Boden ließen vermuten, dass von Zeit zu Zeit Flaschen hier Kühlung fanden. Die Blumen in dem grauen Balkontrog wirkten mitten im Frühling herbstlich, Moos überzog alles. Deutlich hörte er, dass die Türklingel sich meldete. Leonhards Schritte entfernten sich. Als der Junge die Wohnungstür öffnete, fiel die Balkontür zu. Die Aussicht war nicht großartig, aber er fand sie interessant. Opa Purschke beschloss, zunächst auf dem Balkon zu bleiben.

»Hi Lenny.«

»Sue, was machst du hier?«

»Guck nicht wie ein Frosch. Der Proff ist krank, das Seminar ausgefallen, da bin ich am Rhein entlang gejoggt, und dann wollte ich dich überraschen und wecken. Wie war der Gig?«

Sue, eine junge Frau, Anfang zwanzig, schlank, sportlich gekleidet in dunkelgrüner, enganliegender Leggings, weitem türkisfarbenem Shirt und hellgrünen Sportschuhen, das braune Haar schulterlang offen, so offen wie ihr Blick, drängte, ohne auf seine Antwort zu warten, an Lenny vorbei. Sie ließ den mitgebrachten Rucksack auf dem Bürostuhl Platz nehmen, griff sich den auf der Schreibtischplatte abgestellten Kaffeebecher und leerte ihn.

»War das deiner? Oh entschuldige, soll ich dir einen neuen machen?«

Zeit für seine Antwort ließ Sue ihm nicht. Leonhard schüttelte den Kopf.

»Schön, dass du da bist. Ich bin aber schon länger wach. Da war heute Morgen erst, son' blöder Kerl aus dem Haus und dann …«

Sie trat auf ihn zu.

»Kannst du mir später erzählen«, umfasste ihn mit ihren Armen und zog ihn direkt und kraftvoll zu sich. Mit ihrer Kraft überraschte sie Lenny immer wieder. Ihr Mund näherte sich dem seinen, die Umklammerung durch ihre Arme wurde zum drängenden Schraubstock.

»Wie immer«, dachte sie, »braucht er zu lange«.

Doch dann kapierte er diesen Moment, und seine Arme fassten gleich Baggerschaufeln zu.

Synchron bewegten sich ihre Lippen aufeinander zu, stoppten den Bruchteil einer offenen Zeiteinheit, berührten sich, öffneten sich zu einem Zugang für ihre Zungen. Beide starteten einen Wettlauf in den Raum des Gegenübers. Nach unendlich kurzer Zeit, so schien es Sue, zog sich Lennys Zunge zurück, löste sich in der Ferne des frei werdenden Raums auf, ließ sie einsam zurück. Sie zog ihr Lippen von Lennys ab, nur gaben Sue ihren Schraubstock und Lenny seine Baggerschaufeln nicht auf.

»Soll das eine Nachricht sein?«

»Was?«

»Ich spüre, dass Freund Erwin wacht ist.«

»Echt?«

Beide lächelten, als hätte ein Fahrdienstleiter dem Zug freie Fahrt gegeben, und beider Bewegungen nahmen wieder Fahrt auf. Sues linke Hand verließ den Rücken auf einem anderen Gleis, über den Po rollte sie zur Vorderseite und fand dort das Ziel der Reise.

»Freund Erwin freut sich.«

»Ja? Ja!«

Sue steuerte Lenny in Richtung auf die Matratze.

»Aber …«

»Bitte, jetzt, mal zu einer anderen Zeit.«

Sie gab seinem Widerstand das Stoppsignal. Sue spürte, dass Lenny ihr nachgab, er stellte seine Gefühle für sie voll auf freie Fahrt. Ihr Fuß traf auf den Saum der Matratze. Während sie sich gemeinsam mit Lenny seitlich wegsinken ließ, zogen sich beide gegenseitig ihre Shirts von den Körpern, verhedderten sich dabei, glucksten leise miteinander, vermieden jedes Wort, sanken auf Teddy, schoben ihn gemeinsam von der Matratze und schälten sie sich aus ihren verbliebenen Kleidern.

Die gegenseitigen Berührungen, die wandernden Küsse an den unterschiedlichsten Stellen der befreiten Körper, wurden durch vibrierende Strahlenspots der einfallenden Frühlingssonne beleuchtet. Staubteilchen tanzten wild durcheinander. Das sanfte Sonnenlicht wärmte Sue und erhob beide zu Hauptdarstellern dieser Szene. Das gemeinsame Spiel wurde in immer wieder wechselnde Lichter getaucht. Die Positionen erneut ändernd, bemerkte Sue nicht, wie von Zeit zu Zeit der Schatten eines Vogels in seinem Flug die Strahlen kreuzte, oder das Spiel der Wolken diese erneut brach und verschob. Sue gab sich keine Pause.

Erst als die Sonnenstrahlen eine längere Zeit ihre Haut nicht mehr wärmend trafen, spürte Sue eine deutliche Veränderung. Die Wärme seines Körpers reichte ihr nicht mehr, ihre Flanken wurden kühler, sie glaubte zu frösteln. Es war, als ob in sie die Kälte der Überraschung oder einer Bedrohung eindrang und die Wärme in eine Unendlichkeit abgesaugte. Noch immer ihm zugewandt, befreite sich Sue mit sanfter Kraft aus seiner visuellen und körperlichen Fesselung, warf ihren Kopf zum Licht, um die Wärme zu suchen oder doch mindestens die Ursache ihres Verlustes zu finden. Wo blieb das wärmende Licht der Sonne? Dann erstarrte sie abrupt in ihrer Bewegung.

»Da, da ist einer auf dem Balkon!«, schrie sie Lenny mit dem Erstaunen, dem Schrecken und ihrer Angst, alles in ihrem Ausruf vermischt, in sein rechtes Ohr. Sie sah, wie die Farbe aus seinem heißen Gesicht schwand.

Ohne sich zum Fenster zu wenden hörte sie ihn japsen: »Verdammt, Opa Purschke steht noch auf dem Balkon.«

Endlich wieder fernsehen

von Karlheinz Wende

Endlich! Endlich läuft er wieder! Mein Fernsehapparat! Er zeigt wieder bewegte, bunte Bilder. Mit Ton! Auf mindestens 80 Kanälen! Im Rahmen der Renovierungsarbeiten in meiner neuen Wohnung hatten wir auf irgendeine Weise dem Kabelanschluss ein solches Leid angetan, dass er den Dienst verweigerte und nicht mehr kooperationswillig war. Kollateralschäden dieser Art ereignen sich nun mal!

Für GEZ und Kabelgebühren müsste ich eigentlich eine steuerwirksame Spendenquittung bekommen, da ich fast völlig selbstlos zwei Einrichtungen regelmäßig finanziell unterstütze, ohne selbst Leistungen in Anspruch zu nehmen. Also hart am Rande einer sozialen Tat!

Von daher trifft es mich nicht sonderlich, täglicher Krimis, Talkshows, Koch- und Grillveranstaltungen nicht teilhaftig werden zu können.

Einen Schaden am Kabelanschluss reparieren zu lassen dauert natürlich. Zuerst muss man das mal der Hausverwaltung melden, die nach zwei Wochen nachfragt, wie das passieren konnte. Ich bekenne mich vollumfänglich schuldig. Das scheint schon einmal für gnädige Stimmung zu sorgen, denn schon nach einer weiteren Woche überzeugt sich der Verwalter persönlich von dem Schaden, der allerdings optisch nur insofern zu diagnostizieren ist, dass der Fernseher dunkel bleibt. Er versichert mir aber, die Sache umgehend bei der Post, Telekom, DLRG, CDU oder sonst wem zu melden, die seien sehr flott, er habe da Erfahrung mit.

»Hast du gestern Abend die Maischberger gesehen? War sehr interessant!«, werde ich angesprochen.

»Wie? Seit Wochen kein Fernsehen?«

»Wie hältst du das denn aus?«

»Was machst du denn abends dann immer?«

Über derartig mitfühlende, teils ungläubige Bemerkungen lächle ich mokant. Zuhause bin ich gerne und habe genügend sinnvolle Beschäftigungen.

Ich habe noch genug in der Wohnung zu tun. Ich lese, ich schreibe am PC meine Geschichtchen, bearbeite dilettantisch mein Keyboard, mache mit meinem Hund auch in der Dunkelheit ausgiebige Spaziergänge. Dabei fällt mir aber auf, dass ich auf diesen Wegen abends öfter als sonst in einem Gasthaus einkehre.

Nach vier Wochen meldet sich der entsprechende Kabelbetreiber per Telefon bei mir, um nachzufragen, ob ich derjenige sei, der den Anschluss kaputt gemacht hat. Also, die Dame drückt sich anders aus, aber inhaltlich ist es so auch korrekt. Als ich bejahe, avisiert sie einen Termin für Freitag nächster Woche zwischen acht und sechzehn Uhr. Meinen zaghaft vorgetragenen Einwand, dass mein Hund zwischendurch aber mal zum Pipimachen raus müsste und ich einige Minuten dann nicht vor Ort sein könnte, ignoriert sie. Ebenso wie der Monteur, der nicht erscheint, obwohl meine Hündin sich mit dem Tempo, ihre Notdurft zu verrichten, alle Mühe gibt und wir die Haustüre immer im Auge behalten.

Die Abende sind schon recht lang, wenn es um 17 Uhr dunkel ist! Ich entdecke eine Liebe zu Ebay, wie ich sie noch nie verspürt habe. In den letzten Monaten habe ich durch den Umzug die Bestände meines Haushaltes stark dezimiert. Zu meiner eigenen Überraschung stelle ich irgendwann fest, dass ich beginne, Dinge auf Internetauktionen zu ersteigern, wie ich sie vor wenigen Wochen noch verkauft, verschenkt oder gar weggeworfen habe.

Schon wenige Tage später erhalte ich erneut einen Anruf, ob es beim Termin am kommenden Dienstag bleibe. Der Monteur werde zwischen elf und fünfzehn Uhr kommen. Diese Zeitspanne schafft mein Hund mühelos, denke ich, sage aber dieses Mal nichts. Donnerstags gegen siebzehn Uhr klingelt es bei mir.

Der Monteur! Ein freundlicher Mensch, der mir von seinen Sorgen um Fortuna Düsseldorf erzählt und sich auch artig für den Kaffee bedankt. Im Übrigen packt er nach gefühlten zweieinhalb Minuten sein Werkzeug wieder ein und versichert mir, ohne einen Test zu machen, dass meine Flimmerkiste nun wieder tadellos laufen würde. Tut sie aber nicht! Kein Bild, kein Ton, noch nicht einmal das besagte Flimmern!

Freitags ist immer die Fernsehbeilage in der Tageszeitung. Ich werfe mal einen Blick ins Programm. Auf Arte ein Film über Wölfe in Deutschland. Ich kann ihn nicht sehen!

Am Sonntag Bayern München gegen RB Leipzig. Der Erste gegen den Zweiten! Leider auch ohne mich.

Immer öfter blicke ich im Vorbeigehen auf den dunklen Bildschirm. Regelmäßig habe ich es sonst immer gesehen: Tiere suchen ein Zuhause. So fühle ich mich auch langsam!

»Morgen kommt auf SAT 1 La Traviata! Übertragung aus der Mailänder Scala!«, macht mich ein Freund auf dieses Opernhighlight aufmerksam.

»Hab' kein Fernsehen!«, brumme ich in den Hörer.

»Musste halt selber singen!«, kommt der gute Rat, ehe das Gespräch beendet ist.

Mein Anruf via Hotline zu Beginn der nächsten Woche löst keinerlei Verwunderung aus! Das sei doch wohl klar, klingt mir das Unverständnis am Telefon entgegen. Die Leitung müsse ja wohl auch nun erst wieder freigeschaltet werden. Das würde voraussichtlich auch innerhalb der nächsten Tage passieren. Bei dem hohen Servicestandard ihrer Firma wäre das durchaus auch am Wochenende möglich.

Gelegentlicher Testdruck auf die Fernbedienung! Die Woche vergeht. Die Mattscheibe bleibt, wie der Name schon sagt, matt und dunkel!

Es ist Samstag! So gegen 21 Uhr unternimmt mein Daumen mal wieder einen verzweifelten Probedruck auf die On-Taste und augenblicklich irgendwelche Geräusche, Geflimmer, was sich zu einem richtigen Bild mit dazugehörigem Ton verdichtet. Nach einem Vierteljahr endlich wieder Fernsehen und heute ist wieder Bundesligaspieltag. Um 22.30 Uhr kommt das Aktuelle Sportstudio im Zweiten. Erwartungsvoll sitze ich in meinem Fernsehsessel.

Der Bildschirm flackert, in der Ecke erscheint das Logo des ZDF.

»… bis zur Nachtausgabe des Heute-Journals!«

Und dann höre ich auch schon die Erkennungsmelodie, die ich so lange vermisst habe. Wie schön! Ich bin begeistert!

Die heutigen Paarungen im Überblick:

Hoffenheim gegen Freiburg, HSV gegen Mainz, Gladbach gegen…

Fernsehen neu erleben! Also nicht, dass ich Entzugserscheinungen gehabt hätte! Aber ein Leben ohne Bundesligaberichterstattungen …

Wir beginnen mit Wolfsburg gegen Dortmund. Ein packendes Match! Eine ausführliche Darstellung! Eine Reihe Interviews ehe wir zur Auseinandersetzung Frankfurt.…

»… nachts Bodenfrost bei schwachem Wind aus …«

Ich schrecke hoch! Blinzele auf die Mattscheibe! Ein Blick auf die Uhr: 0.35 Uhr. Wie waren die Ergebnisse noch? Wer hat heute überhaupt gespielt? Ach egal! Auf jeden Fall habe ich wieder Fernsehen.

Besuch für Ehepaar Julius

von Birgit Granzow

Herr Julius kannte die Nachbarn im Haus flüchtig. Er wusste nicht, worüber er mit ihnen reden sollte. Nur die quietschende Haustür bot allen einen kurzen und einvernehmlichen Gesprächsstoff. Mehr musste auch nicht sein, dachte Herr Julius. Er war Ende Fünfzig. Seine Laufbahn als Verwaltungsfachangestellter im Katasteramt hatte er abgeschlossen. Zumindest innerlich. Er hatte sein Leben ohne große Höhen und Tiefen der gewissenhaften Vermessung von Grundstücken gewidmet. Er und seine Frau Petra wohnten jetzt seit sieben Jahren im vierten Stock. Sie hatten keine Kinder.

Es war ein Donnerstag, gegen fünf. Herr Julius war von einem eintönigen Arbeitstag im Katasteramt zurück. Er hatte gerade sein Feierabendbier geöffnet. Da klingelte es an der Tür. Er öffnete. Vor ihm stand ein ungefähr vierzehnjähriges, hageres Mädchen. Es trug ausgewaschene Jeans, eine Hornbrille und hatte unreine Haut.

»Keine Prospekte«, sagte Herr Julius genervt.

»Nein. Keine Prospekte«, sagte das Mädchen.

»Und ich habe auch keine Pizza bestellt.«

»Nein«, sagte sie mit einer irritierenden Selbstsicherheit.

Dann schwiegen sie eine Weile. Ihre grauen Augen sahen ihn ausdruckslos an.

»Sonst noch was?«, fragte Herr Julius, als sie keine Anstalten machte zu gehen.

»Ich will zu Herr Julius und Petra.«

»Was willst du von denen?«

Sie schwieg wieder, dann sagte sie:

»Du siehst aus wie George Clooney.«

Herr Julius entspannte sich. Ein vernünftiges Mädchen.

»Ja, das sagen viele. Aber duzen wir uns?«, erwiderte er.

»Hast dich gut gehalten.«

Das Gespräch nahm die richtige Richtung. Aber wohin führte das hier?

»Na gut«, sagte er gedehnt. »Du hast dich sicher in der Tür geirrt. Geh jetzt nach Hause, mach deine Schulaufgaben, oder schreib deinen Freunden im Internet oder was ihr Kids heute so treibt. Ich hab hier Feierabend.«

Herr Julius mochte keine Teenager. Pubertät war was Schlimmes, wie Stromausfall oder eine Heimniederlage des Vereins – nur länger. Er erinnerte sich, wie unangenehm es war, schlaksig herum zu laufen und beunruhigende Veränderungen am eigenen Körper zu beobachten. Das Mädchen stand immer noch vor ihm.

»Julius. Lass mich rein«, sagte sie sehr langsam und bestimmt.

»Wie bitte? Warum sollte ich?«

»Weil ich alles über euch weiß.«

Also GEZ, die kommen doch schon lange nicht mehr an die Tür, dachte er. Auf ihrem T-Shirt las er "See you in Hell", und er hatte keine Ahnung, wie er sie loswerden könnte.

»Müssen wir hier noch länger draußen herumstehen?«, fragte sie trocken.

»Machen wir es kurz. Ich habe mich entschieden, hier mein Hauptquartier zu errichten. Ihr seid beide berufstätig, oder?«

»Hauptquartier? Jetzt reicht's aber. Nimmst Du Drogen?«

»Petra ist deine Frau«, sagte das Mädchen, ohne die Stimme zu heben.

Sie klang so routiniert wie ein Netzwerkadministrator, der der Belegschaft die Systemumstellung verkündet.

»Deine Frau liest eine Menge Fantasyromane. Luftgeister, Höllenfürsten, Drachen, kleine Jungs mit Zauberkräften, Erdtrolle in Bergwerken und finstere Mächte. Kommt dir das bekannt vor?«

Sie machte eine Pause und sah Herr Julius fragend an. Natürlich las Petra ein bisschen zu viel von diesen Geschichten. Es entspannte sie eben.

»Und jetzt hat sich da wohl was materialisiert«, fuhr das Mädchen fort.

»Ich kürze mal ab: Die finale Schlacht zwischen Gut und Böse wird in diesem Haus stattfinden.«

Herr Julius starrte sie an. Die Kleine war übergeschnappt. Er wollte ihr die Tür vor der Nase zuschlagen. Aber sie war schneller und sagte: »Falls du auf der Gewinnerseite sein willst ... dann lass mich lieber rein. Ich kann dir auch ein paar Wünsche erfüllen. Obwohl das nicht gerade mein Hauptfach ist. Vielleicht möchtest du ein Date mit Kate Winslet, einen Waschbrettbauch oder die Villa, neben der von Ronaldo beziehen? Da ließe sich was machen.«

Das hier war kein normaler Teenager, soviel stand fest. Herr Julius hatte seine Fassung wiedergefunden. Kate Winslet war nicht sein Typ und Ronaldo würde ihm wahrscheinlich auf die Nerven gehen. Ok, das mit dem Waschbrettbauch war ein Argument ... aber er kaufte nie was an der Tür.

»Wenn du mich so fragst, will ich nichts von all dem. Und jetzt geh.«

»Ich könnte mir auch einfach Zutritt zu eurer Wohnung verschaffen. Aber ich möchte, dass du mich hereinlässt – und zwar freiwillig. Kann ich jetzt reinkommen?«

Er wollte die Wohnungstür zudrücken, schaffte es aber nicht, sie auch nur einen Millimeter zu bewegen. Er stemmte sich mit seinem ganzen Gewicht dagegen. Das Mädchen schlenderte seelenruhig in die Wohnung; die Tür fiel hinter ihr ins Schloss. Herr Julius sah seine Handflächen an, dann das Mädchen. Hier geschah etwas, das mit Physik und Menschenverstand wenig zu tun hatte.

»Die Masche habe ich von den Zeugen Jehovas. Das klappt immer«, sagte sie und setzte sich in seinen geliebten Fernsehsessel.

»Was ist das für ein Unsinn? Ist nicht irgendein Amt für dich zuständig?«, donnerte er aufgebracht.

»Kein Grund unhöflich zu werden. Ich heiße Lucy«, sagte sie. »Das kommt von Luzifer. Ich brauche einen neuen Stützpunkt.«

Langsam kam die Information in Herrn Julius Gehirn an. Das Böse war im Begriff, seine Wohnung in Beschlag zu nehmen. Das war schlimmer als ein Stapel unfertiger Bauanträge auf seinem Schreibtisch. Viel schlimmer. Vor ihm stand der Leibhaftige. Oder bildete er sich das ein? Genau, er musste einfach zur Vernunft kommen.

»Du bist weder das Böse noch wirst du hier einziehen. Du gehst jetzt nach Hause. Oder was weiß ich. Sonst rufe ich die Polizei, damit sie dich nach Hause bringen«, sagte Herr Julius.

»Von mir aus«, grinste das Mädchen, »aber denk lieber noch mal drüber nach. Und über Kate. Ich könnte da was drehen«, sagte sie.

Herr Julius überlegte. Die Polizei rufen war keine gute Idee. Lucy würde denen Lügen auftischen? Die würden ihn mitnehmen, nicht sie. Er musste mal in Ruhe nachdenken. Oder besser noch: Abwarten. Das funktionierte beim Amt auch immer.

»Du glaubst mir nicht«, hörte er sie hinter seinem Rücken sagen.

Er nahm sich noch ein Bier aus dem Kühlschrank. Das Böse? Das war der größte Unsinn, den er je gehört hatte. Der Teufel war bestimmt kein Teenager. Und schon gar kein … keine … also kein … Mädchen. Wenn es so was wie Luzifer gab, dann war das auf jeden Fall ein Kerl. Die richtigen Knochenjobs machten Männer: Raumfahrt, Feuerwehr, Fußball. Bauamt. Alles Männer. Gut, der Bundeskanzler war jetzt eine Frau. Das war mal eine Ausnahme. Aber die Hölle wurde bestimmt von einem Kerl geführt. Herr Julius merkte, wie sich seine Gedanken verhedderten und kam zurück auf den Boden der Tatsachen. Fakten, Fakten, Fakten. Da saß eine Person in seinem Fernsehsessel, die er loswerden musste.

»Tja, wenn du mir nicht glaubst …«, sagte das Mädchen.

In diesem Moment geschah etwas, das Herr Julius nicht vergessen würde. Der Fernseher schaltete sich ein und es kamen die Zwanzig-Uhr-Nachrichten. Er sah auf seine Uhr: Es war 16:42 Uhr. Die vertrauten elektronischen Fanfaren ertönten. Der Tagesschausprecher begrüßte die Zuschauer. Er zögerte kurz und begrüßte dann Herrn Julius persönlich, was noch nie der Fall gewesen war: »Und nun die Nachrichten des Tages: Düsseldorf. Seit kurzem hat die Stadt eine neue Mitbürgerin. Von vielen unbemerkt ist das Böse zugezogen und befindet sich gerade bei einer Wohnungsbesichtigung. Ob es auf der Esoterik-Messe im September mit einem eigenen Stand vertreten sein wird, steht noch nicht fest. Ah! Ich sehe, wir haben gerade eine Life-Schaltung vor Ort.«

Herr Julius starrte auf den Bildschirm. Das war ja seine Wohnung, die er da sah. Er sah sich selbst, wie er gerade auf den Fernseher zuging und hineinsah. Wie in einen Spiegel. Hinter ihm saß das Mädchen in seinem Fernsehsessel. Sie winkte in die Kamera und grinste. Herr Julius drehte sich wie von Sinnen um die eigene Achse.

»Hallo? Hallo?« rief er um sich.

Dann sah er wieder auf den Fernseher. Die Nachrichtenübertragung kam aus seinem Wohnzimmer.

»Wir beenden unsere Live-Schaltung und fahren fort mit den Nachrichten aus aller Welt«, sagte der Fernsehsprecher und nahm eine neue Moderationskarte zur Hand.

Lucy erhob sich aus dem Sessel, stellte sich neben den Fernseher und sagte: »Ein Hurrikan über Florida. Es wird 24 Tote geben.«

Kurz darauf hieß es: »Für die Küstenregion von Florida wird zurzeit eine Hurricanwarnung ausgesprochen.«

Auch alle weiteren Katastrophenmeldungen sagte das Mädchen korrekt voraus: Hochwasser in China und ein Chemieunfall in Frankreich.

»Hör auf damit! Das ist gegen das Gesetz!« rief Herr Julius.

Er riss die Fernbedienung an sich und drückte einen anderen Sender. Lucy ging seelenruhig in die Küche, nahm eine Schüssel mit Lasagne aus dem Kühlschrank und verdrückte sie schmatzend. Mit hängenden Schultern stand Herr Julius mitten im Raum: Er fühlte sich allein auf der Welt.

»Was ist das für ein Zimmer?«, hörte er das Mädchen plötzlich sagen.

»Was?«

Herr Julius schreckte aus seinen Gedanken auf. Lucy war verschwunden. Er ging den Flur entlang und stand vor einer Zimmertür, die es nicht gab. Er rüttelte an der Tür, trommelte dagegen und horchte. Nichts rührte sich. Er kannte die Wohnung doch im Schlaf. Hier war nie ein Zimmer gewesen. Es war ein Albtraum. Seine Frau würde ihm kein Wort glauben. E setzte sich in die Küche und wartete, bis Petra nach einer Stunde kam.

»Na endlich«, sagte Herr Julius erleichtert zur Begrüßung.

Petra stellte ihre Tasche ab und setzte sich neben ihn.

»Gibt's was Neues?«

»Schatz, hör mal. Ich weiß, das klingt jetzt total verrückt aber … gerade sitzt das Böse in äh, einem neuen Zimmer. Es hat unsere Lasagne verdrückt und sich dann eingeschlossen.«

»Du machst dich über mich lustig«, sagte Petra, »weil du denkst, ich lese zu viel Vampirgeschichten und so.«

»Das Böse!«, rief er verzweifelt. »Verstehst du nicht? Wir müssen es aus der Wohnung kriegen«, fuhr er aufgeregt fort. »Es war auch im Fernsehen. Und der Tagesschausprecher hat zu mir gesprochen. Das Böse ist ein Mädchen und kennt Ronaldo. Man muss ihm das Handwerk legen!«

Herr Julius schrie jetzt fast. Seine Frau sah ihn von der Seite an.

»Also jetzt noch mal von vorn«, sagte sie ernst. »Heute stand wer vor der Tür?«

»Das Böse! Als Teenager.«

»Schatz, ich glaube, du übertreibst. Dieses Mädchen wollte sicher für etwas sammeln. ›Brot für die Welt‹ zum Beispiel.«

»Ganz bestimmt nicht«, sagte Herr Julius langsam.

»Ach du nimmst mich auf den Arm. Wegen meiner Fantasybücher. Du hast dir das alles ausgedacht.«

Und mit diesen Worten umarmte sie ihn. Herr Julius stöhnte.

»Ich zeig Dir die Zimmertür, hinter der sie verschwunden ist.«

Er nahm die Hand seiner Frau und sie gingen langsam den Flur entlang. Plötzlich flackerte die Lampe an der Decke. Es summte und grollte, je weiter sie den Flur hinuntergingen. Die anderen Teile der Wohnung schienen plötzlich meilenweit entfernt zu liegen. Sie gingen und gingen. Der Flur wurde immer länger und Schritt für Schritt näherten sie sich dem Ende des Ganges. Sie kamen jedoch nur sehr langsam voran, als müssten sie sich gegen einen Widerstand stemmen. Beide sagten nichts und gingen weiter.

Eine Woche später las man in der Tageszeitung die Meldung von einem spurlos verschwundenen Ehepaar. Die Nachbarn im Haus konnten sich die plötzliche Abwesenheit von Herrn und Frau Julius nicht erklären. Der Vorfall wurde noch ein paarmal in den nächsten Monaten im Hausflur erwähnt, wenn einige der Bewohner sich zufällig an der Haustür trafen. Dann, eines Tages im Frühling, kam ein Unternehmen für Wohnungsauflösung und räumte die Zimmer leer.

Der Schläfer

von Karl Kreifelts

Baumann saß am Steuer seines Aston Martin DB5 und lauschte auf den Klang seines Motors. Er spielte mit dem Gaspedal und genoss den Subkontrasound des 6-Zylinders. 286 PS hoben unter Anderem sein Selbstbewusstsein und den Spritverbrauch, was ihn aber nicht sonderlich kümmerte. Die Spritrechnung zahlte der Geheimdienst Ihrer Angela.

Im Moment nutzte er das berühmteste Dienstauto der Welt allerdings privat. Er befand sich auf dem Weg ins Stadion, wo Fortuna wieder einmal die Chance auf die Tabellenführung hatte. Aber heute war eine Mannschaft aus der Abstiegszone zu Gast, und da kamen Baumann arge, und wie die Erfahrung der letzten Wochen gezeigt hatten, berechtigte Zweifel, ob die nötigen 3 Punkte heute eingefahren werden konnten. Den DB5 konnte man im Stau vor dem Stadion auch nicht so richtig ausfahren, das war ihm in der letzten Viertelstunde klar geworden. Nun, eigentlich war es ja auch kein DB5, sondern ein 50 Jahre alter Ford 15 M RS mit 4 Zylindern und 45 PS, den er vom Schrottplatz gekauft und in liebevollen Bastelstunden wieder zusammengeklebt hatte. Und er, eigentlich auch kein Geheimagent, jedenfalls heute nicht mehr. Früher war er für den anderen Teil Deutschlands tätig gewesen, aber nach der Wiedervereinigung waren seine nachrichtlichen Dienste nicht mehr benötigt worden, und er konnte unerkannt ein ruhiges Leben als Schulhausmeister führen.

Der Blechwurm vor dem Stadionparkplatz wand sich klebrig vorwärts, und er rechnete damit, gerade so rechtzeitig zum Spiel anzukommen. Aus lauter Langeweile schaltete er das Radio ein, um von der Vorberichterstattung wenigstens ein bisschen mitzubekommen. Gerade lief aber Werbung. Ein fröhlicher gemischter Chor sang im

Auftrag eines Möbelhauses und verkündete dem unwissenden Zuhörer, wieviel Geld man sparen konnte, wenn man es ausgab. Im folgenden Spot erfuhr er, dass auch die neue Heizungsanlage massenhaft Kohle einfuhr. Als ein Schatz seinem Schatz verkündete, dass er jetzt durch eine günstigere Autoversicherung riesig Geld sparen würde, war er drauf und dran, das Radio wieder auszuschalten, als er dann aber wie elektrisiert zusammenzuckte. Im Radio sprach eine der Stimme nach junge Frau, offen seinen früheren Codenamen aus. "Kavalier" hatten sie ihn in der "Firma" immer genannt, und im Radio suchte diese junge Frau einen gewissen "Kavalier". Vielleicht ein neuer Auftrag? Früher hatte er seine Anweisungen immer aus dem Radio erhalten. Auf WDR 2 wurden zu einer bestimmten Zeit die Wasserstandsmeldungen für Elbe und Saale durchgegeben: das waren verschlüsselte Order für ihn und seine im kapitalistischen Ausland tätigen Genossen. Mithilfe eines geheimen Dechiffrierbuches konnte er diese entziffern und wusste dann, wer das nächste Opfer seiner Bespitzelungen sein würde. Das Ergebnis seiner Arbeit verschlüsselte er dann in Form eines Lebensmittelpaketes an Tante Frieda in Dessau. Das war die Deckadresse seines Majors vom Staatssicherheitsdienst, der mit der Entschlüsselung derartiger Nachrichten vertraut war. Klarapfel hieß beispielsweise: in Ordnung, während Granny Smith bedeutete, dass die zu observierende Person Kontakt zum CIA hatte. Banane bedeutete, dass er noch mehr Zeit für eine abschließende Beurteilung brauchte, und eine Zungenwurst am Stück besagte, dass er eine Weile untertauchen musste. Wenn er dann später eine Tube Löwensenf schickte, wussten seine Auftraggeber, dass er wieder aufgetaucht war.

Nun also wurde er wieder benachrichtigt, es war eindeutig von einem Kavalier die Rede gewesen. Als die Frau später noch von Kennedy (im Klartext: Zielperson) sprach, wusste er, dass er sich nicht getäuscht hatte, und tatsächlich er gemeint war.

Kurz vor dem Stadion wendete er also, um sofort zu der angegebenen Adresse zu fahren und die Frau, Petra hatte sie sich genannt, zu kontaktieren. Er hatte also nicht umsonst 27 Jahre seit der Wende "geschlafen". Jetzt war wieder Mission angesagt, und zwar as quick as possible (damals hieß das: schleunischst). Er war wieder der "Kavalier", war 27 Jahre jünger, und sein 15M war wieder der DB5. Er röhrte auch wie ein 4-Liter-Motor, weil er auf dem Rückweg in die Stadt voll durchtrat. Der Verkehr lief ja in die entgegengesetzte Richtung. Auf der Niederrheinstraße, 200 m vor einer Tankstelle, erstarb allerdings das Röhren, weil der Tank nur noch ein dünnes Sprit-Luft-Gemisch enthielt. Also war 200 m Schieben angesagt. Ihm fiel das Wort des ehemaligen deutschen Fußballnationalspielers und Philosophen Andy B. ein:

»Wenne Scheiße am Fuß has, dann hasse Scheiße am Fuß!«

Klatschnassgeschwitzt erreichte er die Tankstelle und gönnte sich 10 Liter Super E10. Wieder im 15M-Modus fuhr er dann das letzte Stück des Weges. Spätnachmittags auf der Kaiserswerther Straße gab es keine regulären Parkplätze. Irgendwann fand er einen im eingeschränktem Halteverbot. Er beschrieb ein Post-It mit den Worten: "verdeckter Einsatz" und klemmte es gut sichtbar unter den rechten Scheibenwischer. Dann überquerte er die Straße und stand vor dem Eingang der im Radio genannten Adresse. Die Haustür war nur angelehnt. Er musste also nicht schon hier unten seine Anwesenheit durch unnötiges Klingeln verraten, sondern konnte hinauflaufen und oben an der Wohnung schellen, so dass er das Überraschungsmoment nutzen konnte, wenn die Tür aufging. Er zog die Haustür auf … und blieb wieder stehen. Die Tür gab ein lautes Quietschen von sich, und er meinte, eine Stimme zu vernehmen:

»Bist du das, Alfred?«

»Alfred« klang nach MI6, also »Obacht, Baumann!«, dachte er. Schweigend wartete er einige Augenblicke. Es blieb still. Also öffnete er die Tür nun vollständig und trat ein. Beim automatischen Schließen gab sie wieder Laut, aber da war er schon längst hinter der Briefkastenphalanx in Deckung gegangen. Keiner, der jetzt nachfragte. Er schlich vorsichtig die Treppe hinauf bis in den 5. Stock, jede natürliche Deckung ausnutzend, die das Treppenhaus bot. Die Geräusche des Aufzuges wären zu verräterisch gewesen! Auf dem Weg nach oben legte er sich schon einmal seinen Auftritt zurecht, wenn die Tür geöffnet würde.

»Hier ist dein "Kavalier" zur Stelle. Was kann ich für dich tun?«

Oben angekommen musste er ein paar Mal durchpusten. So viele Stufen war er nicht gewohnt; seine Schule hatte nur zwei Etagen. Er übte zur Sicherheit auch noch einmal das gewinnende Lächeln, das ihn früher so ausgezeichnet hatte; die Lachmuskeln waren in den letzten 27 Jahren seiner Tätigkeit als Schulhausmeister etwas steif geworden.

Es gab im 5. Stock vier Wohnungen. Mit seinem Handy machte er Licht, um die Namensschilder lesen zu können. Die Hausflurbeleuchtung ließ er aus, um das Klacken des Stromstoßschalters zu umgehen.

Wie hieß sie noch? Richtig: Petra. Zu dumm, dass auf den Schildern nur die Nachnamen standen! Wie heißt man mit Nachnamen, wenn man Petra heißt? Dobrowolski? Baştürk? Er entschied sich für die Klingel mit dem Namen "Stein".

»Stein oder nicht Stein, das ist hier die Frage,« murmelte er.

Er klingelte zweimal kurz und einmal lang, das war immer das Erkennungszeichen gewesen, daran musste sie ihn eigentlich erkennen! Als die Tür sich nach ein paar Augenblicken öffnete, begann er:

»Hier ...«

»Was gibt's?«

ertönte eine überaus männliche Stimme aus ca. zwei Metern Höhe.

»… muss wohl eine Verwechslung meinerseits vorliegen«, setzte er improvisierend fort.

»Entschuldigen Sie bitte die Störung.«

Brummend schloss das Klitschko-Imitat wieder die Tür.

»Also nicht Stein«, dachte er, probieren wir es nebenan noch einmal.

Er klingelte bei Richter. Eine junge Frau, wie erwartet, öffnete in einem reizenden kleinen Nichts als Bademantel, den sie beinahe anhatte.

»Nun ja,« dachte er, »als du dich für den Job entschieden hast, musstest du damit rechnen, dass dir bei der Berufsausübung die scharfen Ladies über den Weg laufen.«

»Hier ist dein "Kavalier" zur Stelle. Was kann ich für dich tun?«

»Mein Kavalier ist schon da!« sagte die schöne Petra und knallte ihm eine auf die linke Wange und die Tür vor der Nase zu.

»Die Gegenseite war schneller!« fluchte er leise. »Aber wenne Scheiße am Fuß has, dann hasse Scheiße am Fuß!« fügte er in Gedanken hinzu.

Jetzt konnte er auch das Flurlicht anmachen und den vorläufigen Rückzug antreten. Er drückte den Holknopf für den Aufzug, dann fuhr er nach unten. Er kam nur 2,80 m weit, dann sorgte eine defekte Waschmaschine irgendwo im Haus für das Auslösen der Generalsicherung. Der Aufzug blieb stehen, und das Licht ging aus. Mit seinem Handy beleuchtete er das Bedienfeld und drückte auf den Hilfe-Knopf. Er brauchte etwa zehn Versuche, bis ihm klar wurde, dass auch diese Funktion ausgefallen war. Wobei er sich einen Narren schalt. Wozu brauchte eine Doppel-Null Hilfe? Vom Kollegen aus London wusste er, dass jeder Fahrstuhl eine Deckenluke hatte, ein Notausstieg quasi. Er montierte also die Deckenverkleidung mit einem Schweizer Messer ab und fand tatsächlich die Luke, die er nun aufstoßen konnte. An den Rändern der Luke zog er sich hoch und kletterte auf das Kabinendach. Jetzt musste er nur noch die Tür aufbekommen, die sich knapp über ihm befand, und er wäre wieder in Sicherheit. Mit seinem Messer hebelte er die beiden Türhälften einen Finger breit auf und steckte den Aston-Martin-Schlüssel in den so entstandenen Spalt. Dann griff er von beiden Seiten mit seinen Fingern in den Spalt und zog die Türhälften ganz langsam auseinander. Vor ihm lag der dunkle 5. Stock. Er setzte einen Fuß in die inzwischen offene Tür und zog sich am Rahmen in die Höhe.

»Das wäre doch gelacht gewesen«, sagte er zu sich selbst, als irgendwo im Haus die Generalsicherung wieder eingeschaltet wurde. Das hatte zur Folge, dass die Flurbeleuchtung wieder anging. Eine weitere Folge war, dass die Aufzugtür sich wieder schloss. Er bekam gerade noch die Finger aus der Tür, bevor sie zerquetscht wurden und sprang zurück auf die Fahrstuhlkabine, die aber, wie der Aston-Martin-Schlüssel, schon auf dem Weg ins Erdgeschoss war. Er konnte sich gerade noch an einer Querstrebe des Fahrstuhlgestänges festhalten, dann war der Zug im wahrsten Sinne des Wortes abgefahren. In diesem Augenblick ging ihm die doppelte Bedeutung des Wortes "Doppel-Null" auf. Er konnte nur hoffen, dass jemand den Aufzug in den nächsten fünf Minuten nach oben benutzte und möglichst vor der oberen Etage ausstieg.

Die Sprachfunktion seines Handys verkündete ihm, dass Fortuna zur Halbzeit 1:3 zurückläge. Als er da so hing – mehr als zehn Meter über der Kabine, die inzwischen im Parterre angekommen war, fiel ihm wieder der deutsche Fußball-Philosoph ein.

Wszystko

von Michael Schumacher

Er schreckte auf, lag schweißgebadet im Bett. Halb drei nachts. Dieses Geräusch, das Quietschen von Metall. Es war wie damals, damals, es hatte sich in sein Gehör eingebrannt, angebrannt, schwarze Krusten, es wollte nicht mehr heraus. Reiz-Reaktion, Reiz-Reaktion, rrr. Fahles Licht schien durch die Lamellen.

»Bleib' ruhig, es ist nichts«, sagte er zu sich.

Herzrasen.

»Lernen Sie, damit zu leben!«, hatte ihm der Therapeut geraten, »es wird Sie begleiten, noch lange.«

Endlich war da jemand, dem er die Geschichten erzählen konnte, die alten Geschichten, die aus der grauen Zeit. Dritte Etage, Praxis, Wartezimmer mit dem Bild von Hundertwasser an der Wand, drei Stühle, der kleine Tisch, ein paar Magazine darauf, "Auto, Motor und Sport", "Der Spiegel", eine Ausgabe von "Cosmopolitan", zwei Mal "Landlust". Er erzählte, erst stockend, dann beredter, von Stahlblöcken, von Schiffen, die sie gebaut hatten, von den Spitzeln, von den mürrischen Vorarbeitern, vom Verrat, von der Hoffnung, die sie am Leben hielt.

Gestern hatte er sie wiedergesehen, die Menschen auf den Straßen, die Wut, die Angst, diesmal im Fernsehen. Es waren junge Leute, die es damals nicht selbst erlebt hatten, aber denen die Eltern und Großeltern es erzählt hatten. Jetzt standen sie dort eng beieinander, mit ihren Schildern und Transparenten, ihren weißen Kerzen und ihrer Furcht. »Noch ist Polen nicht verloren« sangen sie. Die Nationalhymne. Und er war nicht unter ihnen, er war mit einem Koffer in eine ungewisse Zukunft geflohen. Nur weg, weg aus diesem grauen Land, aus diesem geschundenen Land. Nach drei Umzügen hatte er durch Zufall von der freiwerdenden Wohnung erfahren. Der Freund eines Kollegen, der wegen eines Jobs nach Hamburg umziehen musste. Hamburg. Dort bauen sie auch Schiffe und das Meer ist nicht weit. Das Meer, morsze baltycki, das Meer, in das sie ihre Schiffe gleiten ließen, die Schiffe, die hinauskonnten, während sie blieben, bleiben mussten.

Lech war damals Schweißer aus der anderen Kolonne, er arbeitete in der Gegenschicht. Der Untersetzte mit dem Schnauzbart. Eine große Klappe hatte der schon immer, hatte sich mit dem Vorarbeiter angelegt, gegen die neuen Akkordregelungen protestiert. Und Anna, die Kranführerin, kannte er natürlich auch. Jeder kannte sie. Die ließ sich überhaupt nichts gefallen. War schon an dem Streik in den 70ern beteiligt. Sie war eine Legende im Werk, ein Flintenweib, herzensgut, und hatte auf der letzten Weihnachtsfeier den Vorarbeiter unter den Tisch gesoffen. Sie hielten zusammen, gegen die Werftleitung, gegen die Generäle um Jaruzelski. Annas Entlassung ließ den Laden explodieren. Dann kam noch die Erhöhung der Fleischpreise am 1. Juli.

Im Supermarkt gegenüber gab es Schweinefleisch für drei Euro das Kilo. Oder Grillfleisch, mariniert, eingeschweißt, die Holzkohle direkt daneben. Die Hälfte des Fleisches war Wasser. Wenn er sich mal etwas kochte, saß er oft enttäuscht vor seinem Teller und hätte das Gekochte am liebsten in den Müll geworfen. Aber er musste ja essen. Die Einsamkeit nagte an ihm, die Einsamkeit nagte immer an ihm. Hier im Haus sagten sie »Guten Tag«, jedoch ohne seinen Namen zu kennen. »Wosz, ich bin Herr Wosz.« Und hatten ihn bei der nächsten Begegnung schon wieder vergessen. Er hatte das Klingelschild nachgemalt, mit dickem Filzstift, und auch das Schild an der Wohnungstür. Eine Fußmatte vor die Tür gelegt mit "Willkommen". Besuch bekam er selten. Manchmal kam sein Cousin aus Wattenscheid, erzählte vom Job, den neuen Alufelgen, dem Sohn, der sich in der Schule schwertue, seiner Frau, die nicht mehr mit ihm schlafe. Über damals redeten sie nie. Und über die Kartoffeln, die Zwillinge auch nicht. Oder über den Priester Popieluszko, der von den Schergen Jaruzelskis ermordet wurde. Jaruzelski mit seiner getönten Brille und der Generalsmütze, die den kleinen Kopf beherrschte.

Gestern hatte die ältere Frau von gegenüber ihn ermahnt, nur ja die Treppe ordentlich zu putzen. Die Stufen bitte bis in die Ecken. Fehlte bloß noch, dass sie von Pollackenwirtschaft schwadroniert hätte. Wer waren wir schon, damals. Man marschierte einfach durch uns hindurch, hin, zurück, wir gehörten mal zu dem, mal zu dem. Zu sagen hatten wir nichts. Dabei waren wir mal ein Königreich, hatten parallel zu Paris in Krakau die erste Universität gegründet. Unser König, Jan Sobieski, hatte mit seinem Söldnerheer im Auftrag der Habsburger, die das nicht schafften, die Belagerung Wiens durch die Türken beendet. Wir haben sieben Fälle in unserer Sprache, sind die Meister der Konsonanten und fehlenden Vokale. Kirche und Militär, das war uns geblieben. Ein Pole als Papst. Und eine Colormaticbrille; wenn es heller wird, wird es gleich wieder dunkel. Wie von Zauberhand. Hier bei uns würden die Panzer aus Ost oder West durchfahren und die Bomben einschlagen. Viel schlimmer konnte es eh nicht werden, sahen doch viele Landstriche immer noch so aus, als ob der Krieg gestern zu Ende gegangen sei. Bauern mit Pferd und Wagen; manche mähten noch mit der Sense ihre Felder.

Der Student von weiter oben im Haus, Timo oder Tom, es war irgendwas Kurzes, der mit dem klapprigen Fahrrad und dem Wuschelkopf, hatte ihn mal auf ein Bier eingeladen. Sie hatten sich an der Mülltonne getroffen, waren beide gleich groß und schlank. Ob so etwas verbindet, Größe und Statur? Sind uns Menschen mit ähnlicher Figur bei der ersten Begegnung sympathischer als zum Beispiel ein Korpulenter, auch, wenn er sich als charmanter Gesprächspartner herausstellt?

»Lass dich nicht täuschen, mein Junge!«, hatte seine Mutter immer gesagt.

»Es werden so viele Räder geklaut«, sagte Timotom ihm, »da ist so ein altes sinnvoll.«

Sie saßen auf dem der Straße abgewandten kleinen Balkon, rostiges Geländer, Kante bröckelig, rauchten Selbstgedrehte, tranken billiges Bier vom Discounter und hatten sich wenig zu sagen.

Die Zeiten werden rauer, sagte Piotr zu sich. Immer mehr Flaschensammler, die sogar Plastikpfandflaschen bei den Getränkehändlern klauen und es in Müllsäcken in dem Gebüsch hinter der Bushaltestelle verstecken. Der Getränkehändler unternahm nichts dagegen, um noch mehr Ärger zu vermeiden. Piotr kaufte auch die Billigmarke. Aber das war kein Vergleich zu einem "Zywiec". An der Ausgabestelle der Tafel, drei Straßen weiter, wurde die Schlange der Bedürftigen immer länger. Man musste schon zwei Stunden vor Öffnung der Ausgabe dort sein, was Piotr oft nicht schaffte. Der Paketboten-Job ließ es nicht zu; es wurde immer hektischer, die Schichten immer länger, die Disponenten immer unverschämter. Früher war er im Stahlwerk, aber dort flog er bei der nächsten Entlassungswelle wieder heraus, obwohl er sich geschickt und zuverlässig zeigte. Die Koreaner und Chinesen überschwemmten den Markt mit billiger Ware, da konnte die Hütte nicht mehr mithalten.

In der Werft waren sie damals konkurrenzfähig. Oder der Plan wies es so aus. Wer konnte das schon mit Gewissheit sagen? Es gab Arbeit und es gab Złoty. Wer auf der Werft arbeitete, war jemand. Ein Vorzeigebetrieb mit Lenin als Namensgeber. Anna hatte als Schweißerin begonnen und war schon in den frühen 50er Jahren erstmals verhaftet worden, als sie sich für gleiche Löhne für Frauen und Männer einsetzte. In den späten 70ern hatte sie gemeinsam mit Lech und einigen anderen die freie Gewerkschaft gegründet. Dann kam die Fleischpreiserhöhung, der Streikaufruf und Annas fristlose Kündigung, wenige Tage vor ihrer Pensionierung. Das war ein fataler

Fehler. Lech rief zum Streik auf. In wenigen Monaten hatte die Solidarnosc zehn Millionen Mitglieder. Jeder dritte Pole.

Der SB, der Geheimdienst, hatte seine Informanten längst überall platziert. Ein Streik musste unter allen Umständen verhindert werden. So waren sie auch auf ihn gekommen. Er hatte auf einer Abteilungsversammlung die Klappe weit aufgerissen. Sich mit Anna solidarisch erklärt, für gleiche Löhne votiert und dem General noch einen eingeschenkt. Lech stand hinten im Saal und nickte ihm aufmunternd zu. In der folgenden Nacht holten sie ihn aus dem Bett und brachten ihn ins Mokotow, in den Block für politische Gefangene.

»Wir werden dich schon zum Reden bringen, Wosz, verlass dich darauf. Hier haben schon ganz andere Leute wie die Nachtigall gezwitschert.«

Krachend fiel die Zellentür ins Schloss. Stille. Isolationshaft. Grelles Licht, Tag und Nacht, drei Wochen lang. Vom Schweißer zum Staatsfeind, was für eine Karriere.

Draußen hatten jetzt die ersten Vögel zu singen begonnen. Nachtigallen gab es hier keine. Piotrs Großvater hatte ihn oft mit in die Natur genommen, ihm vieles gezeigt. Ein Igel schnaufte sich durch die Hecke neben den Garagen. Irgendwo fauchte eine Katze. Piotr lag hellwach. Im Gefängnis hatte er damals jedes Gefühl für Zeit und Raum verloren. Und Jaruzelski und die KP hatten die Macht verloren. Schneller, als sie sich das je hätten vorstellen können. Moskau konnte nur zusehen. Einen Einmarsch wie in Ungarn oder der Tschechoslowakei wollte man nicht noch einmal riskieren. Der Geist der Freiheit hatte auch schon so weit um sich gegriffen, dass ein Zurück nicht mehr möglich war. Die Partei rief zu den ersten freien Wahlen auf, und Lech wurde kurz darauf Präsident. Wenn Piotr ihn heute im Fernsehen sah, grauhaarig, rundlich, wenn er seine immer noch leidenschaftlichen Reden im Sejm hielt, dann war er beides: Ein Monument und ein lebendes Fossil, mit dem Makel der Korruption gezeichnet. Piotr hatte auch ein wenig zugelegt, war nicht mehr so spindeldürr wie damals, aber er hatte immer noch diese funkelnden graublauen Augen, die Furche auf der Stirn, die hochstehenden Wangenknochen, die er auch bei Frauen sehr mochte.

»Wie konnte es denn dazu kommen, dass die heute an der Regierung sind?« hatte ihn der Student gefragt.

Piotr hatte diese Frage erwartet, diese Frage, die sich jeder stellen musste angesichts dessen, was sich in seiner Heimat abspielte. Er hätte ihm stundenlang erzählen können: Wie sich die Bürgerbewegung aufsplitterte, wie die Helden der Gewerkschaft sich hatten korrumpieren lassen, mit Macht geködert wurden, wie erst die Technokraten, dann die Nationalisten, die Rechten an Einfluss gewannen, wie es möglich wurde, dass eine Partei die absolute Mehrheit im Parlament errang, wie die jungen Leute mehrheitlich rechts und national wählen beziehungsweise überhaupt nicht mehr wählen, wie immer mehr Leute "Radio Maria" hörten und dabei verblödeten.

»Ich kann es dir auch nicht erklären«, antwortete er ihm, »ich verstehe dieses Land nicht mehr.«

Dann hatten sie wieder schweigend in den Hof gestarrt, bis Timo, ja, Timo hieß der, die Frage aufwarf, ob Lewandowski der beste Mittelstürmer der Welt sei. Kurz darauf war Piotr gegangen. Nicht wegen Lewandowski, obwohl der Dortmund verlassen hatte, um bei Bayern zu spielen.

»Ich muss früh aufstehen, Paketdienst, du weißt schon, Stress.«

»Klar, sicher, wir können ja demnächst noch mal. Mit Grillen.«

Dabei blieb es dann. Willkommen, las Piotr auf der Fußmatte. Willkommen – war er das? Sie hatten ihn drei Monate in der Untersuchungshaft festgehalten. Aber, er sagte nichts, verriet niemanden, auch nicht unter Folter.

Wenn die Frau mit dem Kinderwagen ihm vor dem Haus begegnete, lächelte er sie an, scherzte mit dem Kind. Vielleicht flirtete sie ein wenig mit ihm und er mit ihr, ja, warum denn nicht. Gosza hatte auch dieses gewinnende Lächeln, sie war groß, schlank, vielleicht die Nachfahrin eines napoleonischen Soldaten. Er hatte sie in Zopot am Strand kennengelernt. Sie hatten von der Zukunft geträumt, vom Kinder kriegen, Familie gründen, am Wochenende in der Datscha zu sitzen. Dann kamen die Schritte, die Tür wurde eingetreten, sie nahmen ihn mit. Gosza ließen sie in Ruhe. Die Gewerkschaft schickte einen Rechtsbeistand, aber was war schon Recht. Recht und Gerechtigkeit, so nannte sich diese Partei heute. Und die Leute wählten sie. Rannten in die Kirchen, wo ihnen eingebläut wurde, dass nur die PIS Polen noch retten könne vor Entfremdung. Was für Heuchler. Damals war die Kirche auf der Seite der Bürgerrechtler, der Arbeiter, schmuggelte Gesuchte außer Landes, besorgte Geld, druckte Flugblätter.

Nach seiner Haft war er am Ende, physisch und psychisch. In einer Kiste schafften sie ihn an Bord eines Frachters, der nach Göteborg auslief. Von Schweden kam er nach Deutschland. Und seit drei Jahren in dieses Haus, dieser Kasten, der seine besten Jahre hinter sich hatte. So wie ich, sagte sich Piotr. Er hatte sich früher ein wenig gehen lassen, aber der Paketdienst änderte das. Termindruck, aber viel unterwegs, neue Leute, Begegnungen, wenn auch meist flüchtig. Er rasierte sich sorgfältig, achtete auf saubere Kleidung, gute Umgangsformen. Auch dann, wenn ihn die Kunden nervten, er ihr Gemecker nicht mehr hören konnte. Sollen die sich doch mal zehn Stunden am Tag mit einem Kleinlaster durch den Stadtverkehr quälen, von Stau zu Stau, von Umleitung zur nächsten Baustelle. Ab und zu gab es auch ein wenig Trinkgeld.

Beim nächsten Putzen hatte er sich besondere Mühe gegeben. »Na, sehen Sie, wenn Sie sich ein wenig Mühe geben, Herr, Herr, ähh..«

Die alte Frau. »Wosz, Herr Wosz.«

»Gab es nicht mal einen Fußballspieler, der so hieß?«

»Ja, stimmt, Dariusz Wosz. Der hat auch in der Nationalmannschaft gespielt.«

»Was Sie nicht sagen, Herr… So, ich muss wieder.«

Was sie musste, blieb ihr Geheimnis. Vielleicht war es auch keines. Er hatte damals fast keine Geheimnisse mehr. Der SB wusste nahezu alles über ihn. Was er gerne aß, trank, Zigarettenmarke, wann er Lech getroffen hatte, wann die Gewerkschaftsversammlungen waren sowieso, seine Stammkneipe, alles wussten die. Dennoch hielt er dicht. Die Schritte, die Absätze, hohler Klang, dann eine Tür. Kurze Pause und mit lautem Krachen schloss sich die Tür wieder. Alle sollten es hören: Jetzt drehten sie wieder einen durch die Mangel. Und ich kann der Nächste sein. Russisches Roulette, eine Kugel, dann an der Trommel drehen, schnapp und. Sie hatten ihn oft übel zugerichtet.

»Wosz, komm, sing uns was, Wosz. Wer ist noch mit dir an diesem Nachmittag dort gewesen?«

Draußen ratterte die erste Bahn über die Gleise. Metall auf Metall, Räder rollen für irgendwen, irgendwas. Türen schlagen zu.

»Sie werden damit leben müssen.« hatte der Therapeut gesagt.

Geliebter Töffel, *Gesellschaft oder Egotrip*

von Geertje Wallasch

Umgezogen. Was ich nie wollte. Eingezogen. In ein Haus, das ich nicht kenne und noch viel schlimmer: auch die Bewohner nicht. Unten ins Souterrain. Das ist gut. Da habe ich nichts mit den anderen zu tun. Jedenfalls nicht, wenn ich das nicht will. Ich kann sie beobachten. Erst mal gucken, wer hier alles ein und aus geht.

Stille. Hier geht keiner ein und aus. Ja, Stille. Die vermisste ich in meiner Wohnung zuletzt. Dort lebte ich fast mein ganzes Leben. Mensch, Alter. Lange habe ich ja wahrscheinlich nicht mehr. Alt. Ich bin alt. Und fühle mich auch einsam. Selber schuld. Will ja auch nichts mit den Menschen zu tun haben. Alter Trottel. War auch schon mal anders.

Was ist das. Es stöckelt. Nicht auch noch hier. Elegant sieht's ja aus. Aber als dauernde Geräuschkulisse. Über mir, die muss keine Hausschuhe gekannt haben. Sehen tut man so etwas Elegantes immer seltener. Und hier vom Fenster aus höre ich nur ein leises Klack, klack, klack. Der Anblick zählt. Knackiger Hintern.

Da ist sie auch schon zur Tür rein und hinter ihr verschwunden. Die quietscht, die Tür. Jetzt habe ich gar nicht gesehen, zu wem diese schlanken, tollen Beine gehörten. Idiot. Das Klacken verliert sich, ich höre es nicht mehr. Das ist gut und ich habe meine Ruhe!

Dieser Lärm. In dem Haus, in dem ich so lange und gerne lebte. Zum Schluss wohnte niemand mehr dort, den ich kannte. Weggestorben. Ausgezogen. In was Besseres. Noblere Wohngegenden. Ha. Wer's kann?!! Nur noch Ausländer und Kinder. Familien mit vielen Kindern. Dieses Geschrei und Krakele. Nicht zum Aushalten. Deshalb bin ich dann doch weg. Hoffentlich bin ich jetzt nicht vom Regen in die Traufe ...

Wer hier wohl alles wohnt. Ein wenig konnte ich mich schlau machen. Mal sehen, ob's stimmt, was man mir versprach.

Ah, da kommt noch jemand ...

Frühling, wann kommst du, der Winter bleibt mit Geschichten
Irgendwann, neulich im April

Nebel, kalt, nass. Nun sitz ich hier. Und kann nicht raus. Es soll wieder gefroren haben. Bestimmt ist es auch glatt. Ich bleib lieber drin, hier vorm Fenster. Extra groß und übersichtlich. Ja, die Übersicht sollte man behalten. Mir ist das wichtig!

Ich versteh nicht, die Menschen leben so oberflächlich. Ist denen denn gar nichts wichtig? Hauptsache Spaß. Die Spaßgesellschaft, der Name ist Programm. Nicht für mich! Ein gutes Buch und hier sitzen. Ich muss ja wissen, was läuft. Zumindest hier. Was da im Fernsehen alles läuft, ich kann das alles nicht glauben. Glaubt sowieso keiner mehr. Misstrauen beherrscht die Welt. Ja beherrscht. Herrschen, Macht, das ist es, was sie wollen. Alle. Oder? Ich bin ja hier wohl nicht der einzige, der sich Gedanken macht. Das wäre nicht gut und das ist ja auch nicht so. Alter Quacksalber, hör mal auf.

Vielleicht bin ich ja doch zu oft allein. Langsam verlier ich die Übersicht. Das Alter. Und besser sehen tu ich auch nicht, eher schlechter.

Der Nebel verschwindet nicht. Will´s denn gar nicht Frühling werden? Ich bin nicht der einzige, der drauf wartet. Neulich beim Bäcker ging's nur darum. Ach, wenn ich jetzt zum Bäcker könnte. Croissant, mir läuft das Wasser im Mund zusammen. Nicht gesund, ich weiß. Trotzdem. Meine Seele braucht auch etwas. Ja, Seele, auch wenn ich es esse. Versteht das jemand? Egal.

Vielleicht verschwindet der Nebel, wenn es heller wird. Bin wieder zu früh auf. Nichts los. Die ganz früh zur Arbeit müssen, hab ich verpasst. Weiß immer noch nicht, wer hier alles wohnt. So ist das mit der Übersicht. Und jetzt auch noch dieser Nebel, der mir mein Croissant vergrault. Ich steh´ echt im Nebel. Sitze. Hier. Alles still. Nichts passiert.

Zu Hause, wenn da bei uns nichts los war, zog ich los. Ging ich raus, gerne und oft. Meiner Mutter zum Ärger: der treibt sich rum, ich bestritt es und tat es doch. Diese Freiheit, ich spür sie heute noch. Gibt es jemanden, der das auch so erlebte? Ja, ein Leben war das. Wir hatten nicht viel. Aber es war leben mit allen Sinnen. Mal war ich alleine unterwegs, mal mit anderen. Echte Kumpels. Beides hatte etwas. Mit mir selber unterwegs, störte keiner meine Pläne und es lief so, wie ich es wollte. Je nachdem, was es war, wäre Hilfe nützlich gewesen und wegen der Unterhaltung. Und der Bewunderung.

Wer fängt die meisten Stichlinge. Unsere Mutter schimpfte und wunderte sich nicht nur einmal, warum die Siebe bei uns "Bene" kriegten. Sächsin. Na ja, nicht ganz. Sie kam aus Sachsen-Anhalt. "Hänichen", so nannten sie das kleine Städtchen in der Nähe Dessaus. Leute, in diesem kleinen Dorf nahm ich beim Ferropolis an einem Triathlon teil. In meiner Altersklasse beim zweiten Mal sogar den 1. Platz gemacht. Geile Veranstaltung. So zwischen den alten Braunkohlebaggern fahren und laufen, das hat was. Der ehemalige Ort war geflutet worden und diente uns Trias zum Sprung ins Wasser. Viele Triathlon Wettkämpfe hab ich nicht mitgemacht. Aber die bleiben im Kopf. Das ist Nachhaltigkeit. Ha!

Trottel, hört mich hier jemand? Was brabbel ich da alles vor mich hin. Will eh keiner wissen. Alte Geschichten. Und die Philosophiererei mögen die Leute noch weniger. Tatsachen. Sachen. Mit denen sie etwas anfangen können. Das ist es. Wichtig für sie. Na ja, nicht für alle. Es gibt auch andere.

Was wohl aus meinen Kameraden und Spielgefährtinnen geworden ist. Wie hießen sie doch gleich, Michael, Harald. Die meisten aus den Augen verloren oder gestorben. Birgit, Sabine, Ulrike, mit denen ich Schneemänner baute, im Winter, wenn es schneite. Oft. Wenn der Herbstnebel sich in Winterluft verwandelte, und am Morgen die weiße Pracht plötzlich die ganze Welt verwandelt hatte. Wir Kinder wären an solchen Tagen am liebsten nicht zur Schule gegangen und hätten uns sofort an dem großen runden Platz getroffen, wo der Schnee länger liegen blieb, weil da nicht so viele Autos unterwegs waren. Querten diesen Platz nur und ließen uns in Ruhe. Gibt es heute noch so etwas? Habe es so nie mehr gesehen. Wäre wahrscheinlich Platzverschwendung. Den Platz sehe ich noch heute vor mir, als sei es gestern gewesen. Die Verlängerung unserer Straße, die dann über diesen Platz in zwei andere Straßen führte. Die eine der beiden war eher ein Gehweg, sagt mir mein Hirn gerade. Da ging es nach Vivo. Heute heißt so etwas Edeka oder Rewe. Auf unserem geliebten Platz wurden die Schlitten benutzt. Jeder musste mal ziehen, durfte mal drauf sitzen. Wir erliefen, erschlitterten uns unsere Schlitterbahnen. Immer glatter wurden sie und länger. Später kamen die

Gleitschuhe dazu. Heute ist es Snapchat. Ja, so etwas weiß ich auch. Halt mich auf dem Laufenden. Übersicht. Sag ich ja!

Wem erzähl ich das eigentlich. Alt und senil, ich kapier's langsam. Oh, und die Iglus, das war was, die Schneemänner konnte man da vergessen. Die bauten wir so groß, dass wir uns drin bewegen konnten. Sitzplätze hatten wir darin. Das waren noch Zeiten. Und die Garagen, die an zwei Seiten den Platz säumten, markierten gute Tore. Fußballspielen im Winter, noch besser im Sommer. Einfach draußen. Hey, das war's. Und hier? Wozu habe ich ein großes Fenster. Nix los.

Frühling, wann kommst du ...?
Die Jahreszeit kippt, endlich!

Jetzt bin ich doch tatsächlich eingeschlafen. Und die Sonne hat ohne mich angefangen zu scheinen. Gleißender Sonnenschein. Alles zur falschen Zeit. Auf meine Ordnung ist kein Verlass mehr. Von wegen Übersicht. Mir fehlt der Überblick. Ich wohn ja auch im Souterrain. Kleiner Spaßvogel, nicht nur Trottel.

Schlecht geträumt. Außerirdische! Was für'n Quatsch. Das hat mich noch nie interessiert. Science Fiction und so. Meine Frau liebte so etwas. Konnte sich nicht satt sehen daran: Star Wars und Konsorten. Ich liebe die Realität oder das Romantische. Lacht hier jemand? Männer können auch: träumen und so. Aber Außerirdische? Das muss an dem Haus hier liegen. Hier soll es ein Schwimmbecken geben. Da muss ich unbedingt hin. Das kann man doch nicht glauben. Pool im Mietshaus. Wurde es in der sogenannten mondänen Zeit erbaut? Oder hat das mit dem Neuzeitwahn zu tun. Ich krieg das raus. Gut Ding will Weile haben ... Na ja, ob das gut ist, wird sich noch zeigen!

Pläne im Kopf
Neubeginn?

Das Schwimmbecken. Es geht mir nicht mehr aus dem Kopf. Warum ist da kein Wasser drin, das kann doch nicht sein. Jetzt muss ich doch mal in Aktion treten. Ungenutzter Raum, wo Freiraum möglich wäre. Ein Schwimmbecken um die Ecke, im eigenen Haus. Mensch Leute! Wen spreche ich an? Wenn wir uns mit mehreren zusammentun, müsste das doch zu wuppen sein. Ich hab tatsächlich wieder Träume. Aber ist doch auch wahr. So etwas kann man doch nicht verkommen lassen. Freiraum. Den wir wegwerfen, vor uns hinleben und die Zeit nicht nutzen. Unsere Kreise ziehen. Besser Bahnen. Vielleicht wären nachher sogar hausinterne Wettkämpfe drin. Gäste dazu einladen. Nicht jeder in diesem Haus wird sportlich interessiert sein. Und wenn doch, vielleicht nicht gerade im Wasser. Was mach ich mir wieder einen Kopf. Fang doch erstmal an. Sonst wird nichts draus. Wen frag ich zuerst. Am besten Mittelalter. Nein, keine Geschichten hier. Und vom Mittelalter schon gar nicht. So ein bisschen rumspinnen. Ha.

Also. Was is jetzt? Die Jungen winken sofort ab, die haben etwas Besseres vor und würden mich nur geistesabwesend ansehen. Was will der alte Zausel noch. Von den Älteren haben sich viele schon gemütlich eingerichtet. Nicht zu viel machen. Doch! Wir müssen was machen. Das belebt. Mensch, es geht mir wieder besser. Ich leg mal gleich eine Liste an, wie am besten vorzugehen ist. Ich bin in meinem Element. Ja, Wasser.

Ich werde wieder mehr laufen. Und mein Bike werde ich auch wieder auf Vordermann bringen. Mal sehen, wie es sich hier in der Stadt fährt. Ich fahr ja dann sowieso weiter ins Grüne. Hier gibt es viele grüne Gegenden ganz in der Nähe. Das weiß ich noch aus meiner

Studienzeit hier in Düsseldorf. Jetzt bin ich doch froh, dass ich hier bin. Der erste Schritt. Das ist es doch meistens. Vergesse es nur immer. In meinem Alter müsste ich das doch langsam draufhaben.

Das hat mir meine Frau immer gesagt. Recht hatte sie. Wie so oft. Meistens wollte ich es nicht zugeben. Ich vermisse sie. Vielleicht lass ich mich deshalb öfter mal hängen. Auf meine Frau war Verlass, na ja, nicht immer, die hatte auch ihren eigenen Kopf. Wenn ich ehrlich bin, fand ich das gut. Sie hat mich in die richtige Richtung geschubst. Hätte ich früher nicht zugegeben. Ich vermisse sie. Ach, könnt ich ihr noch sagen, wie gut sie mir tat. Sie nannte mich liebevoll Töffel. Früher dachte ich, das sei ein erfundener Name. Aber den Ausdruck gibt es tatsächlich. Na ja, dumm bin ich nicht, jedoch manchmal etwas unbeholfen. Aber ich schaff das, auch ohne sie. Ihre immer guten Einfälle hab ich noch drauf. Und auch selbst welche. Sag ich doch!

Die Polizei dein Freund und Helfer

von **Karlheinz Wende**

Wenige Tage später!

Mitten in der Nacht! Korrekter gesagt, eher schon fast früher Morgen! Ich stehe vor der Haustüre. Meine Hand fährt in die rechte Jackentasche und angelt nach dem Schlüsselbund. Nicht da! Nanu, hat er ja noch nie gemacht, kann ich als Hundehalter da nur sagen. Ich unterziehe mich selbst einer Leibesvisitation, krame in allen Taschen, versuche es auch zum zweiten Male.

Es führt kein Weg an der Erkenntnis vorbei, dass ich mal wieder meinen Schlüssel vergessen habe. Solche Ausfallerscheinungen sind zu ertragen, wenn man als Senior lernt, mit seinen zunehmenden gedächtnismäßigen Defiziten zu leben. Ich bleibe auch völlig entspannt, setze meinen Hund noch einmal kurz ins Auto, gehe um das Haus herum und schwinge mich mit einer eleganten, also ich jedenfalls halte sie dafür, mit einer eleganten Fechterflanke über den Zaun in meinen Garten.

Im Stockdunkeln muss ich mich erst einmal orientieren, laufe etwas planlos herum und dann finde ich es. Das Senioren-Single-Notfallschlüssel-Aufbewahrungs-Depot. Einen kopfgroßen Stein, in den hineinpasst, was in meinem Kopf nur mangelhaft abgespeichert ist. Mein Hausschlüssel!

Einige Minuten weiter und ich sitze in meinem Wohnzimmer, das lediglich durch eine Kerze schemenhaft erleuchtet wird. Ich blicke in meinen dunklen Garten, hänge meinen Gedanken nach und trinke noch ein Glas Wein. Genau genommen war es eine Flasche Bier, aber wenn man etwas von Wein schreibt, wirkt das seriöser. Leise läuft Opernmusik von Verdi.

Kasside liegt an meinen Füßen und beginnt, leise zu schnurcheln. Auch mir beginnen die Augen fast zuzufallen.

Da springt sie mit einem Satz auf! Laut kläffend und mit gesträubtem Fell steht sie hinter der Terrassentür. Angespannt! Wie zum Sprung bereit. Ich zucke zusammen. Fast wäre mir mein Weinglas, also das mit dem Bier, aus der Hand gefallen. Ich versuche, Kasside zu beruhigen, probiere es auch mit einem energischen Kommando. Stattdessen beginnt sie hinter dem Fenster herumzuspringen, ihr Bellen steigert sich, sie randaliert geradezu, ihr Kläffen wird immer schriller.

Ein gleißender Lichtstrahl schießt aus dem Garten, tastet meine Terrasse ab, erleuchtet mein Wohnzimmer, wandert systematisch von rechts nach links und oben nach unten.

Kasside tobt lautstark weiter, angestachelt durch das wandernde, blendende Licht. Die Terrassentür zu öffnen traue ich mich nicht. Trotz ihrer scheinbaren Wut und ihrem Theater bin ich mir auch nicht völlig sicher, ob Kasside nicht doch von dem potentiellen Einbrecher gestreichelt werden möchte. Sie ist ja so zärtlichkeitsbedürftig!

Durch die Fensterscheibe gibt sie aber weiterhin die blutgierige Bestie und bleibt trotz Kommando lautstark auf ihrem vorgeschobenen Posten. Von Verdi ist nichts mehr zu hören.

Dafür stehe ich mittlerweile in der unbeleuchteten Küche, mit Vibrato in den Knien, einem Paukenschlag in der Magengrube, ergreife mit Tremolo in den Fingern mein Telefon. Das Staccato auf den Tasten fällt etwas unsicher aus.

»Hauptwache ... Polizei-Obermeister ...«, höre ich und melde mich mit dem Rest meiner Beherrschung brav mit Namen und Adresse, mache Rapport zu den Ereignissen.

Ich muss allerdings fast ins Telefon brüllen, denn Kasside arbeitet sich zunehmend in Rage.

»Augenblick! Ich muss mal eben bei meinem Kollegen nachfragen!«

Es tritt eine Gesprächspause ein, aber keine Stille. Kasside geht weiterhin mit hoher Phonzahl ihrer Arbeit nach.

»Damit würde ich die nie über den TÜV kriegen!«, schießt es mir durch den Kopf. Im gleichen Moment höre ich die Stimme meines Freundes und Helfers wieder: »Wohnen Sie Parterre links?«

Als ich bejahe, höre ich seine begütigenden Worte: »Sie können ganz beruhigt sein, Herr, äh …! Das sind unsere Kollegen! Die wollten nur nach dem Rechten sehen, weil wir vor einer Viertelstunde aus Ihrem Haus eine Meldung erhalten haben, dass sich eine verdächtige Person in Ihrem Garten aufhält.«

Mit wenigen Worten erkläre ich den Sachverhalt. Der Lichtkegel ist mittlerweile verschwunden. Kasside schickt den aus meinem Garten abrückenden Polizisten noch ein paar wüste Beschimpfungen hinterher.

Gerade will ich das Gespräch beenden, da höre ich im Telefon erneut die Stimme des Ordnungshüters: »Entschuldigen Sie! Der Hund da im Hintergrund, ist das ihrer?«

Mein Brummeln wertet er als Zustimmung.

»Ich habe da nämlich aus Ihrem Hause gerade eine Beschwerde wegen ruhestörendem Lärm `reinbekommen. Ich gehe davon aus, dass sich das erledigt hat und die Kollegen deswegen jetzt nicht auch noch durch die Haustüre bei Ihnen vorstellig werden müssen!«

Ich sehe sein Grinsen geradezu durch`s Telefon.

Mit Sicherheit dieser komische Herr Meier, der Wert darauf legt, "Miär" ausgesprochen zu werden, geht es mir durch den Kopf.

Trotzdem! Morgen werde ich mich mal ans Klinkenputzen im Haus begeben, mich für die Aufmerksamkeit wachsamer Nachbarn bedanken, für den Radau entschuldigen und die Zusammenhänge erklären.

Auf diese Weise lerne ich dann auch diejenigen Mitbewohner des Hauses kennen, bei denen ich mich nach meinem Einzug noch nicht persönlich vorgestellt habe.

Voice over IP

von Frank Hönl

So hatte sie sich ihre erste eigene Wohnung nicht vorgestellt. Wenn man jedoch einen knappen Geldbeutel hatte und keine Lust in einer zwanzig Quadratmeter Bude zu hocken, durfte man nicht allzu wählerisch sein. Straßenlärm drang ihr unaufhörlich in die Ohren. Laura blickte über die schmucklose Brüstung des Waschbetonbalkons auf die vielspurige Hauptstraße. Tief unter ihr drängte sich eine riesige Blechschlange in Richtung Innenstadt. Am Nachmittag würde sie den gleichen Weg zurück nehmen. Selbst an einem so sonnigen Augusttag war diesem Ort wenig Schönes abzugewinnen.

»Es ist ja nur für zwei Jahre«, hatte ihr Vater mit einem Lächeln gesagt, »und die Verkehrsanbindung ist gut«.

Ein kleiner Seitenhieb darauf, dass sie noch immer keinen Führerschein besaß.

Natürlich, zwei Jahre waren in der Tat keine Ewigkeit. Aber hier? Der dunkle Flur im Erdgeschoss, die graue Kälte des gesamten Hauses, seine schiere Größe. Außerdem drückten sich ständig Fremde herum. Obwohl am vergangenen Wochenende erst richtig eingezogen, war sie hier schon mehr Gesichtern begegnet als in ihrer gesamten Jugendzeit im Vorortshaus ihrer Eltern. Natürlich lag das an den Ladenlokalen im Erdgeschoss. Ein Zahnarzt, eine Schneiderei, ein Rechtsanwalt und sogar ein Privatdetektiv. Da kamen die unterschiedlichsten Menschen zusammen.

Und erst die Bewohner. Ein Hausmeister, der sich immer im Keller aufhielt, anstatt die ständig quietschende Haustür zu ölen. Die Frau aus dem ersten Stock, die auf ihrem Balkon mit sich selbst sprach. Ein Herr Miär der einen Aufstand machte, wenn man seinen Namen nicht richtig aussprach. Das ältere Ehepaar aus der vierten Etage, über die ihre Nachbarin erzählt hatte, dass sie nie jemanden in die Wohnung lassen würden. Und zu allem Überfluss, war einen Tag vor ihrem Einzug, die Polizei im Haus gewesen und hatte Fragen gestellt. Jemand war tot aufgefunden worden. Man tuschelte über Mord und dass es ja irgendwann so kommen musste. Alles wirke skurril und unheimlich, wie in einem Roman von King.

Eins war klar. Sobald sie ihren Master in der Tasche hatte und ihr eigenes Geld den Wohnsitz bestimmen würde, würde sich alles ändern.

Sie nahm einen Schluck Kaffee und drehte sich in Richtung Wohnzimmer. Drinnen kniete ein Techniker ihres Internetproviders, neben dem kleinen Rattantisch, auf dem ihr Router stand. Ein blinkendes LED meldete, dass nach einer Verbindung gesucht wurde.

»Soll ich ihnen noch ihr Mobilteil koppeln?«, fragte er.

»Das wäre nett«, antwortete Laura, obwohl sich ihr das Konzept des Festnetzanschlusses nicht erschloss. Man erreichte sie auf dem Handy und basta. Da Papa ihr aber das Mobilteil mitgebracht hatte, und Festnetz in ihrem Vertrag sowieso enthalten war ... was konnte es schaden?

Der Techniker tippte noch mal hier und dort herum, packte sorgsam seine Sachen in eine schwarze Tasche mit Schulterriemen und hielt Laura ein Formular unter die Nase.

»Einmal bestätigen, dass ich auch hier war.«

Er setzte ein breites Grinsen auf, das sie an Unterhaltungssendungen für Kinder erinnerte. Sie nahm ihm den Kuli aus der Hand und setzte ihre Unterschrift auf das Papier.

»Das war 's schon. Wenn 's aufhört zu blinken sollten sie im Netz sein. Dauert aber einen Moment. Sie telefonieren mit Voice-Over-IP, ist auch erst dann möglich. Sie sollten hier die vollen 50 Mbit hinkriegen. Manchmal wird ...«

Der Rest wurde vom Anti-Technikgeschwafel-Filter in ihrem Kopf zerhackt. Der schaltete sich erst wieder aus als er »Wenn noch was sein sollte« sagte.

Er hielt ihr eine Visitenkarte hin. Laura nickte freundlich und der Mann war verschwunden.

Sie schnaufte durch, ließ die Karte auf den Tisch und sich auf ihr rotes Sofa fallen. Was könnte man mit dem angebrochenen Tag jetzt noch so tun? Am besten schnell das WLAN einrichten und dann bei Giorgios einen Cappuccino trinken. Sie schloss die Augen. Von den großzügigen Loungesesseln der Caféterrasse konnte sie die herrliche Aussicht auf den Rhein genießen. Von diesem Haus eigentlich auch, wenn man auf der richtigen Seite wohnte. Der schöne Tagtraum zerplatzte wie eine Seifenblase im Regen. Nicht schon wieder miese Gedanken. Sie nahm den letzten Schluck aus ihrem Kaffeebecher und wollte den Laptop holen, da fuhr sie zusammen.

Das Telefon klingelte. Was sollte das jetzt? Es konnte doch niemand die Nummer haben.

»Fängt ja gut an«, dachte sie und warf einen Blick auf das Display.

Eine Mobilfunknummer, die ihr nicht bekannt vorkam. Doch wer kannte Telefonnummern auswendig, außer der eigenen vielleicht? Man ordnete ihnen einen Namen zu, speicherte sie und gut. Sie nahm das Telefon aus der Ladeschale.

»Hallo?«

Zunächst meldete sich auf der anderen Seite niemand. Es hörte sich jedoch so an, als sei der Anrufer an einem öffentlichen Platz.

»Haaalo?«

»Ist Mike da?«

»Hier gibt es keinen Mike. Mit wem spreche ich?«

Der Anrufer zögerte. Laura schätzte, dass sie es mit einer Frau in ihrem Alter zu tun hatte.

»Aber … das ist doch seine Nummer.«

»Das ist meine. Ich habe sie gerade neu.«

Laura konnte die Ungläubigkeit am anderen Ende förmlich spüren.

»Entschuldigung.«

Das Gespräch wurde beendet.

Sie stellte das Telefon wieder in die Station.

»Na ja«, dachte sie, und stand auf.

Es klingelte wieder. Sie setzte sich und nahm das Gespräch an.

»Ja!«

Obwohl sie keine Antwort bekam, ging sie von der gleichen Anruferin wie vorhin aus. Sie wartete einen Moment und beendete das Gespräch.

»Merkwürdig«, dachte sie, und legte das Telefon zur Seite.

Schon jetzt hatte sie von ihrem neuen Festnetzanschluss die Nase voll. Sie stand auf, drehte sich noch einmal um, doch es klingelte nicht mehr.

»Das sollte es dann wohl gewesen sein«, sagte sie laut wie zur Bestätigung.

Was wollte sie noch gleich? Ach ja, WLAN. Kaum hatte sie den Laptop mit dem Router verbunden, meldete sich das Telefon erneut. Zuerst wollte sie es ignorieren, doch schließlich ging sie ran.

»Ja, verdammt!«

»Warum so unfreundlich?«

Lauras erschrak. Eine tiefe Männerstimme. Noch bevor sie etwas entgegnen konnte, fuhr der Anrufer fort.

»Ich müsste kurz mit Mike reden.«

»Den gibt es hier nicht. Ich denke, sie sind falsch verbunden.«

»Schön und gut, aber warum sehe ich dann seinen Namen auf meinem Display? Mit wem spreche ich?«

»Laura Titze«, sagte Laura und hätte sich dafür die Zunge abbeißen können.

»Na gut Frau Titze, gestern war das auf jeden Fall noch die Nummer von jemand anderem. Entschuldigen Sie die Störung.«

»Kein Problem«, entgegnete Laura so freundlich wie sie konnte und wollte das Gespräch beenden als ...

»Richten Sie ihm einfach aus, Toto möchte ihn sprechen. OK?«

Der Anrufer beendete das Gespräch.

In den nächsten zwei Stunden blieben Störungen aus. Sie richtete ihr WLAN ein und ging, wie geplant, zu Giorgios. Die Aussicht war wie immer, doch so richtig genießen konnte sie sie nicht. Die Sache ging ihr nicht aus dem Kopf. Sie hatte ihren Namen verraten.

Gegen 17 Uhr war sie wieder zu Hause. Weitere Anrufe waren eingegangen. Dreimal die gleiche Mobilfunk- und zweimal eine Festnetznummer. Ihr Magen verkrampfte sich. Sie kramte die Unterlagen ihres Providers heraus. Das konnte doch nicht möglich sein. Die Festnetznummer, ihre neue Telefonnummer, war die Gleiche, wie die eines der Anrufer. Unmöglich!

Was hatte der Techniker noch gesagt?

»Sie telefonieren jetzt mit Voice-Over-IP«.

Das bedeutete doch eigentlich nur Internettelefonie. Ihr Blick fiel auf die Visitenkarte.

»Ich werde das jetzt klären«, sagte sie sich.

Es klingelte erneut. Sie erschrak so heftig, dass ihr beinahe das Telefon aus der Hand gefallen wäre. Ihre eigene Nummer stand auf dem Display. Sie meldete sich.

»Ja, bitte?«

»Hier ist Mike.«

Sie schluckte.

»Ich glaube es haben verschiedene Leute für Sie angerufen.«

Laura legte die Hand an den Kopf. "Ich glaube es haben verschiedene Leute für sie angerufen" was für ein dämlicher Satz!

»Das kann schon sein, aber wie kommen Sie zu meiner Nummer?«

Die Stimme klang beruhigend, wie Sonnenstrahlen im Halbschatten eines Baumes.

»Man hat mir erst heute meinen Anschluss freigeschaltet. Ich weiß es nicht.«

»Hm, meine Schwester war jedenfalls ziemlich überrascht.«

Ein helles Lachen war zu hören.

»Und Toto?«

»Sie hat sich gewundert und ihren Freund gebeten, es mal zu versuchen. Hab es übrigens vorhin selbst ein paar Mal mit meinem Festnetz probiert.«

»Und?«

»Ganz normales Freizeichen. Als ich es mit meinem Handy versucht habe, gab es bei mir ein Freizeichen.«

»Dann haben wir beide den gleichen Anschluss?«

»Sieht so aus. Ich dachte, ich probiere es noch ein letztes Mal über das Festnetz, bevor ich entscheide, dass meine Schwester und ihr Freund mich verarscht haben. Da habe ich Sie dran.«

»Ich werde gleich diesen Techniker anrufen«, sagte Laura, während sie die Visitenkarte in der Hand drehte.

»Meine Nummer möchte ich aber behalten«, sagte Mike, »man weiß ja nie wer sonst noch so anruft.«

Beide mussten lachen.

Es wurde noch ein langes und anregendes Gespräch. Als die Schatten langsam länger wurden, telefonierten sie noch immer. Laura saß mittlerweile gemütlich in ihrem Liegestuhl auf dem Balkon. Eigentlich war die Aussicht von hier oben doch nicht schlecht.

»Heute wirst du den Techniker wohl nicht mehr erreichen«, sagte Mike.

»Bestimmt nicht, aber morgen gleich als erstes.«

»Bekomme ich deine neue Nummer?«

»Klar«, entgegnete sie, »wenn du mir versprichst, sie nicht wieder mit meiner zu koppeln.«

»Dafür war ich zwar nicht verantwortlich, aber wenn, würde ich es wieder tun.«

Es war, als strich ihr eine zärtliche Hand über die Haut.

»Schlaf gut. Bis morgen«, sagte sie.

»Du auch.«

An diesem Abend lag sie noch lange wach im Bett. Voice-Over-IP, eine gute Erfindung.

Schulausflug

von Karlheinz Wende

Klasse 9 der Internationalen *Tim-Buktu-Privatschule* macht heute im Rahmen des Kunstunterrichts eine Exkursion. Treffpunkt ist die Straßenbahnhaltestelle vor dem Haus Nr. 42. *Miss Behave*, die junge englische Austauschlehrerin, hat die Kinder für 8.45 Uhr bestellt. Als Helfer hatte sich *Papa Gallo*, Inhaber der Pizzeria »Mafiastübchen«, angeboten, ist durch seine aktuellen Dienstpflichten aber verhindert. Und so ist *Omi Nös* die einzige Begleitung der Elternschaft.

Sam Buca, der Junge aus Kalifornien mit italienischen Wurzeln, wohnt in diesem Haus. Als im Kunstunterricht "Architektur" das Thema war, machte er den Vorschlag zu dieser Exkursion, denn im Keller des Gebäudes befindet sich ein nicht mehr genutztes großes Schwimmbad aus der Erbauungszeit des Hauses.

»Alles siebziger Jahre! Unverändert!«, versuchte er der Lehrerin das Ziel schmackhaft zu machen.

»Wahnsinnig interessant!«, kam es gelangweilt wie aus einem Munde von *Inge Nör* und *Ute Rus*, die immer einer Meinung sind.

»Ich komme nur mit, wenn es nicht ins *Zöli-Bad* geht!«, rief *Kalli Graph* unter dem Gekicher der Jungen in die Klasse. In der folgenden Pause versammelte *Sam* seine Kumpels *Atze Ton*, *Klaus Ur*, *Conny Fähre*, *Knut Scherei*, *Claude Eckel* und *Kurti Sane* um sich und blickte sie verschwörerisch an.

»Passt auf Jungs! Das Schwimmbad ist völlig uninteressant! Aber da sind vor einigen Jahren zwei Leute gestorben. Bis heute weiß keiner so genau, ob das ein Unfall war oder ob die Alte ihren Mann und sein Häschen hinterhältig gekillt hat. Außerdem ist da unten vor langer Zeit der Hausmeister auf mysteriöse Weise verschwunden und nie wiederaufgetaucht. Wenn wir da unten in der Bude sind, erzähle ich die Geschichten ausführlich bei schummeriger Beleuchtung. Mal sehen, ob es den Mädels nicht anfängt zu gruseln und sie ein wenig anlehnungsbedürftig werden. Zumindest jagen wir denen einen herrlichen Schrecken ein. Aber Schnauze halten!«

Die Jungen klatschten sich gegenseitig ab und zogen siegesbewusst grinsend in ihren Klassenraum.

Die beiden gleichnamigen Kumpels *Otto Mane* und *Otto Päde* sind gegen 8.30 Uhr als erste am vereinbarten Treffpunkt, ehe fünf Minuten später *Günni Kologe* mit Zigarette in der Hand betont lässig angeschlendert kommt. Kurz dahinter, Arm in Arm, *Ellen Lang* und *Anna Lyse*, die erst vor kurzem aus Dänemark hierhergezogen ist. Die beiden stecken die Köpfe zusammen, weil *Marga Rine*, die auf der anderen Straßenseite läuft, wieder ihre uncoolen Klamotten mit dem Chic des Vorjahres trägt.

Die Halbbrüder *Ali* und *Rudi Mente* folgen ihr in ein paar Schritten Entfernung und nach ihrem Getuschel zu schließen, reden sie ganz andere Dinge über ihre Mitschülerin.

Till Sit, *Olli Garch*, *Ali Cante* und *Sepp Tember*, aus Bayern, haben sich mittlerweile die Sitzgelegenheiten der Straßenbahnhaltestelle gesichert und beginnen Skat zu spielen.

Eva Luation, aus Rumänien, *Lore Ley*, *Rita Lin*, die zierliche Chinesin mit der Piepsstimme und *Claire Grube*, die unzertrennliche Mädchenclique, stehen dichtgedrängt etwas abseits, kichernd, laut lachend.

Chris Tall aus England und *Tom O`Grafie*, der Ire, gehen interessiert an der Gruppe vorbei, würdigen sich aber gegenseitig keines Blickes.

Die holländischen Mitschülerinnen *Meta Morphose*, *Evi Dent* und *Anni Mieren* kommen atemlos um die Ecke gerannt.

Provokant langsam schlendert *Polly Tisch*, Tochter des allseits bekannten ZDF-Auslandskorrespondenten, heran.

In einer Traube, intensiv und lautstark diskutierend, kommen kurz darauf noch *Theo Loge*, *Adi Pös*, *Kulli Narisch*, *Tom Bola* und *Ove Rall*, der schwedische Junge.

Die Haustür geht auf und ein älterer Mann mit Belgischem Schäferhund verlässt das Gebäude, ehe sich die Tür wieder quietschend von selbst schließt. *Norma Tiv* will ängstlich ausweichen. »Das ist Kasside, die ist ganz lieb!«, beruhigt *Sam* seine Klassenkameradin und streicht zum Beweis dem Hund im Vorbeigehen über den Kopf.

»Ach so, noch was!«, spricht er seine versammelten Mitschüler nun lauter an, »wenn wir gleich reingehen, bitte leise sein. Im dritten Stock wohnt so 'n komischer alter Knacker, der sich über jeden Mist beschwert. Meier heißt er, legt aber Wert darauf Miär angesprochen zu werden, der Spinner!«

Als *Miss Behave* erscheint, versammeln sich alle Schüler um sie und sie stellt die Anwesenheit fest. *Anna Konda*, Tochter der Flamenco-Tänzerin, die unter dem Künstlernamen *Donna Wetta* auftritt, blickt etwas provozierend über die Schulter der Lehrerin in die Klassenliste. *Karl Kutta* stellt sich dicht neben sie, denn er sucht immer nach Gelegenheiten, dem hübschen spanischen Mädchen etwas näher zu kommen.

Jupp Heidie, *Hans Wurst* und *Heide Witzka* sind krank, die Zwillingsbrüder *Rudi* und *Fiete Ralala* fehlen unentschuldigt. *Reni Tent* hält sich wie immer etwas abseits.

»Also dann! Let`s go, Ladies and Gentlemen, die Kultur ruft!«, verkündet *Miss Behave* unternehmungslustig, als *Sam* die Haustür aufschließt.

Die Autoren

Birgit Granzow

Birgit Granzow schreibt Kurzgeschichten und Politthriller. Die Rheinländerin studierte in Berlin und arbeitete als Lektorin und Lehrbeauftragte in Seoul, Südkorea. Sie interessiert sich für Stadtkultur, Hörspiel und Fotografie.

Frank Hönl

Hauptberuflich Projektleiter, schreibt der Düsseldorfer Autor und Science-Fiction Fan vorwiegend Kurzgeschichten und Erzählungen aus dem Bereich der Phantastik. Da die meisten seiner Texte auf Reisen entstehen, ist der Laptop sein ständiger Begleiter. Auf langen Autofahrten vertreiben ihm Hörbücher von Stephen King oder Michael Crichton die Langeweile.

Karl Kreifelts

Beruflich lebt er von der Hand in den Mund als promovierter, niedergelassener Zahnarzt. Er hat vielfältige Hobbies; neben dem Fußball spielt er Violine und Viola, Gitarre und Bass, singt im Extrachor der Deutschen Oper am Rhein und komponiert klassische Musik. Und schreibt kleine, launige Geschichten.

Angela Meiser

Angela Meiser, Jahrgang 1968, studierte Psychologie in Bochum, unterbrach ihre Diplomarbeit für Wehen, zog mit Mann und Sohn nach Mexiko-Stadt, bekam noch zwei Söhne, zog sechs Jahre später weiter für einige Jahre nach Peking und lebt heute mit ihrer Familie wieder in ihrer Heimatstadt Düsseldorf.

Sie veröffentlichte erste Kurzgeschichten beim Smartstorys Verlag, Österreich.

Ihre Geschichten sind spannender als ihre Biografie.

Tilmann Schipper

Vertriebsleiter in sachlich trockner Umwelt, schreibt Geschichten aus seiner Umgebung. Dabei orientiert er sich an Beobachtungen in seinem Umfeld. Der gebürtige Niederrheiner lebt heute in Düsseldorf. Er sieht sich als Neuling im Schreiben, trotz jahrelanger Erfahrung beim Verfassen von Theaterstücken für Kindertheater und Puppenbühnen.

Michael Schumacher

Geertje Wallasch

Wandelt gerne durch Raum und Zeit sowie mit einem Stift auf dem Papier. Nicht nur Stift und Notizbuch sind ihre ständigen Begleiter. Ihr Laptop befindet sich ebenfalls oft im Gepäck, wenn sie unterwegs ist. Erlebtes, Inspirationen, Ideen setzt sie am liebsten sofort um. Bei ihr zu Hause wimmelt es von Papier, Notizen, Blocks, Kladden, Heften. So entstand die Idee zu einer Website: wandelsinn.de

Das verführte sie zum Bloggen. Eine spannende Zeit begann und setzt sich fort: bloggen, schreiben. Geschichten entstehen. Gerade erst war sie als Grenzlandreporterin für die Niederrhein Nachrichten unterwegs. Auch die Pressearbeit für die Evangelische Kirchengemeinde Geldern bereitet ihr Freude. Dieser Wandel zwischen kreativem Schreiben und Berichten, Essays, Reportagen motiviert zu mehr. Öffentlichkeitsarbeit, Social Media, digitale Kirche sind weitere spannende Themen.

Karlheinz Wende

Karlheinz Wende, Jahrgang 1949, fast 40 Jahre Lehrer und Schulleiter an Duisburger Grundschulen. Vater von vier Kindern und zum momentanen Zeitpunkt Großvater von vier Enkeln.

Überzeugter Hundehalter und leidenschaftlicher Hundesportler (Agility + RO).

Die Freude am Schreiben begann nach der Pensionierung durch das Verfassen kurzer Geschichten über Enkelkinder, Hunde und Erlebnisse aus dem Alltag.

Zeitfracht Medien GmbH
Ferdinand-Jühlke-Straße 7
99095 Erfurt, Deutschland
produktsicherheit@kolibri360.de